韓国文学セレクション

七年の最後

キム・ヨンス

橋本智保 訳

新泉社

일곱 해의 마지막
김연수

The Last of Seven Years
by Kim Yeon-su

This Japanese edition is published by arrangement with
Munhakdongne Publishing Corp. and CUON Inc.

This book is published with the support of
the Daesan Foundation.

Jacket design by KITADA Yuichiro

七年の最後

装幀　北田雄一郎

白石（ペク・ソク）

京城府〔ソウル〕外西纛島里六五六番地。一名夔行《キヘン》。明治四十五〔一九一二〕年七月一日、平《ピョン》安北《アンブク》道《ト》定州《チョンジュ》生まれ。詩人。五山《オサン》学校、東京青山学院卒。朝鮮日報社出版部、永生《ヨンセン》高等普通学校勤務を経て、現在は詩作に精進。著作に詩集『鹿』がある。

――文章社編集部「朝鮮文芸家総覧」、『文章』一九四〇年一月号

＊登場人物の一部は実在した人物をモデルとしていますが、小説の中のエピソードはすべてフィクションであり、実際の出来事とは一致しません。

主な登場人物

◈キヘン（夔行）……詩人。白石《ペクソク》（一九一二―一九九六）がモデル（本名は白夔行）。平安北道定州《チョンジュ》出身。

◈俊《ジュン》……詩人、小説家。許俊《ホジュン》（一九〇一―？）がモデル。平安北道龍川《リョンチョン》出身。

◈秉道《ビョンド》……小説家、作家同盟委員長。韓雪野《ハンソリャ》（一九〇〇―一九七六）がモデル（本名は韓秉道）。咸鏡南道咸興《ハムン》出身。

◈尚虚《サンホ》……小説家。李泰俊《イテジュン》（一九〇四―？）がモデル（尚虚は李泰俊の雅号）。江原道鉄原《チョルウォン》出身。

◈弦《ヒョン》……キヘンの新聞社時代の同僚。独立運動家の慎弦《シンヒョン》重《ジュン》（一九一〇―一九八〇）がモデル。慶尚南道河東《ハドン》出身。

◈薫《フン》……小説家。李石薫《イソックン》（一九〇八―？）がモデル。平安北道定州出身。

◈鏡《ギョン》……作曲家で白石の最初の妻である文鏡玉《ムンギョンオク》（一九二〇―一九七九）がモデル。黄海南道海州《ヘジュ》出身。

◈ヨン……俊の妻。弦の妹。シン・スンヨンがモデル。

◈古堂《コダン》……独立運動家の曺晩植《チョマンシク》（一八八三―一九五〇）。巻末編註参照。

◈シン・アンナム……漫談家。作中の漫談は申不出《シンブルチュル》（一九〇五―？）の作品。

◈オム・ジョンソク……党文化芸術部文学科指導委員。

＊

◈オクシム……作家同盟のロシア語翻訳室に勤務する女性。

◈ベーラ……詩人。作中の詩は、ベーラ・アフマドゥーリナ（一九三七―二〇一〇）の作品。

◈ヴィクトル……詩人。ベーラの元夫。

◈エレナ……ベーラとヴィクトルの娘。

◈アレクサンドロス……タクシードライバー。

◈セルゲイ……髭《ひげ》を生やしたシベリア先住民族の老人。

◈マクシム……写真家。

◈リ・ジンソン……モスクワの国立映画大学シナリオ科に在籍する留学生。咸興出身。

作中に登場する文学者たち

◆李源朝《イウォンジョ》(一九〇九―一九五五)……文学評論家。詩人の李陸《イユク》史《サ》の弟。

◆李殷相《イウンサン》(一九〇三―一九八二)……詩人。慶尚南道昌原《チャンウォン》出身。時調《シジョ》(伝統詩)を多く創作。

◆李箱《イサン》(一九一〇―一九三七)……詩人、小説家。ソウル出身。一九三〇年代を代表するモダニスト作家。

◆李秉岐《イビョンギ》(一八九一―一九六八)……時調《シジョ》詩人。全羅北道益山《イクサン》出身。

◆林和《イムファ》(一九〇八―一九五三)……詩人。ソウル出身。朝鮮プロレタリア芸術同盟の書記長を務めた。

◆金起林《キムギリム》(一九〇八―?)……詩人。咸鏡北道城津《ソンジン》出身。モダニズムの代表的な詩人。

◆金東鳴《キムドンミョン》(一九〇〇―一九六八)……詩人。江原道沙川《サチョン》出身。

◆金南天《キムナムチョン》(一九一一―一九五三)……小説家。平安南道成川《ソンチョン》出身。

◆金裕貞《キムユジョン》(一九〇八―一九三七)……小説家。江原道春川《チュンチョン》出身。

◆鄭芝溶《チョンジヨン》(一九〇三―?)……詩人。忠清北道沃川《オクチョン》出身。

◆盧天命《ノチョンミョン》(一九一二―一九五七)……詩人。黄海道長淵《チャンヨン》出身。一九三〇年代に文壇の注目を集めたモダンガール。

◆朴泰遠《パクテウォン》(仇甫《クボ》)(一九一〇―一九八六)……小説家。ソウル出身。南側に残った次女の末男が映画監督のポン・ジュノ。

◆韓暁《ハンヒョ》(一九一二―?)……文学評論家。

◆白鐵《ペクチョル》(一九〇八―一九八五)……文学評論家。平安北道義州《ウィジュ》出身。朝鮮プロレタリア芸術同盟に参加。

◆尹斗憲《ユンドゥホン》(一九一四―?)……小説家、評論家。

＊

◆アンドレイ・ヴォズネセンスキー(一九三三―二〇一〇)……ソ連/ロシアの詩人、作家。

◆アンナ・アフマートヴァ(一八八九―一九六六)……ロシア/ソ連の詩人。

◆エフゲニー・エフトゥシェンコ(一九三三―二〇一七)……ソ

連／ロシアの詩人。

◈コンスタンチン・シーモノフ（一九一五―一九七九）……ソ連の作家。

◈ニコライ・クン（一八七七―一九四〇）……ロシア／ソ連の歴史家、作家。

◈ニコライ・チーホノフ（一八九六―一九七九）……ソ連の詩人、小説家。

◈ニコライ・ドゥボフ（一九一〇―一九八三）……ソ連（ウクライナ）の児童文学作家。

◈ニコライ・ネクラーソフ（一八二一―一八七八）……帝政ロシア時代の詩人。

◈ボリス・パステルナーク（一八九〇―一九六〇）……ソ連の詩人、小説家、作曲家。

＊

◈ナーズム・ヒクメット（一九〇一―一九六三）……トルコ出身の詩人、劇作家。

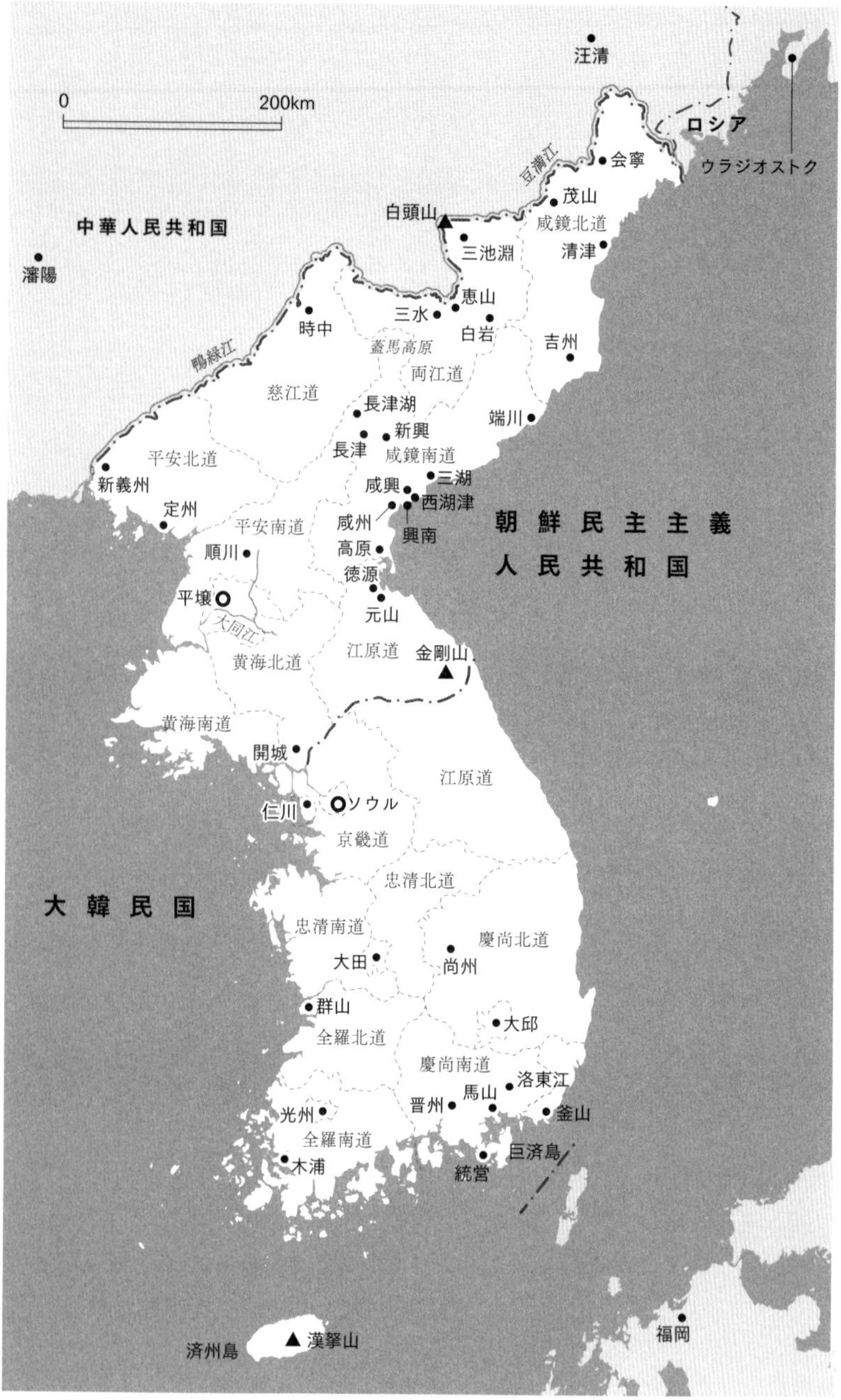

汪清
0
200km
ロシア
会寧
ウラジオストク
豆満江
茂山
白頭山
咸鏡北道
中華人民共和国
三池淵
清津
瀋陽
恵山
三水
白岩
時中
蓋馬高原
吉州
鴨緑江
両江道
慈江道
長津湖
端川
新興
長津
咸鏡南道
平安北道
三湖
新義州
咸興
西湖津
定州
咸州
興南
朝鮮民主主義
人民共和国
平安南道
高原
順川
徳源
平壌
元山
大同江
江原道
金剛山
黄海北道
黄海南道
開城
江原道
仁川
ソウル
京畿道
忠清北道
大韓民国
忠清南道
慶尚北道
大田
尚州
群山
大邱
全羅北道
慶尚南道
洛東江
馬山
晋州
釜山
光州
全羅南道
巨済島
木浦
統営
福岡
済州島
漢拏山

七年の最後

一九五七年と一九五八年の間

我々は真っ赤に燃えて燃え尽きるのだ。
七年の最初の年にも
七年の最後の年にも。

——白石「石炭のことば」

一九五七年のポベーダ

ベーラとヴィクトルは詩人だ。ふたりは一九二四年生まれの同い年だが、ヴィクトルの方がひと足先にゴーリキー文学大学に入学した。平凡な医者の父と教師の母の間に生まれたベーラは、モスクワの大学に進学するために方便を使わなければならなかった。彼女はひとまず最高技術大学〔いまの国立工科大学〕に籍を置いてから、ゴーリキー文学大学への編入を申し込んだ。一方、父親が党の幹部で、自らも大祖国戦争*〔独ソ戦のこと〕の負傷兵という経歴を持つヴィクトルは、除隊すると同時にゴーリキー文学大学に入った。彼は在学中の二十二歳のとき、早々に『勝利者の春』という詩集を出し、世間の注目を浴びた。その詩集には、彼が第三近衛戦車軍所属の戦車兵としてドニエプル川の戦いに参戦し、右腕を負傷して後送されたときの個人的な体験が溶け込んでいた。時代の風潮に乗った愛国心あふれる詩集で、ベーラは嫉妬とも感動とも言いがたい感想を日記に残した。ふたりはゴーリキー文学大学で先輩と後輩の間柄として出会い、恋に落ちた。その恋は尊敬と所有欲が絡み合っていただけに、瞬《またた》く間に燃え上がった。その分、時が経てば、当初の熱気と光は薄れていくだろうという予感があった。

その予感は、一九五三年のスターリンの死後、〝オーチェペリ（雪解け Оттепель）〟と呼ばれる変化の波が社会全般に浸透するにつれ、より鮮明になってきたかと思うと、三年後、フルシチョフ第一書記がソ連共産党第二十回党大会において、スターリンへの個人崇拝を批判する秘密演説をしたことで現実となった。大学街では、「ジマー駅」という詩を書いて個人主義だと批判されゴーリキー文学大学を退学処分になったエフゲニー・エフトゥシェンコや、建築大学を卒業したのちボリス・パステルナークの崇拝者となったアンドレイ・ヴォズネセンスキーら、若い詩人たちの朗読会が人気を博した。ヴィクトルも雪解け《オーチェペリ》の波に乗って自由を謳歌し、ありとあらゆる奇行をしでかした。例えば、通りがかりのタクシーを捕まえて「ウラジオストクへ！」と叫んだり。するとと誰かが「人民の敵にでもなるつもりか？」と訊《き》いた。スターリンの生存中、シベリアに行く最も手っ取り早い方法は、〝人民の敵〟の烙印を押されることだったからだ。ところがいまのヴィクトルには、「人民の敵になるんだったら、悪の帝国だの破綻した地上の地獄だのといわれているアメリカに追放されるべきだろ。美しい母なる大地、シベリアに行くなんてありえないね」とそらとぼける余裕すらあった。まるでスターリンの氷像が溶けた水たまりで遊ぶ幼子のようだった。

そのうちヴィクトルは、自分よりも頭のいかれたタクシードライバー、アレクサンドロスと出会った。カザフ人の血が混ざっているアレクサンドロスは、自分たちの祖先に倣ってシベリアを征服したいと考えていた。ふたりは意気投合し、数か月にわたる車の旅をともにすることになった。そのために必要な物を調達し、六十か所余りの役所に足を運んで数十枚の許可証を手に入れた。ヴィクトルの夢想とアレクサンドロスの実行力がうまく釣り合い、大陸間弾道ミサイルのごとく飛翔した。彼らは作家同盟で手に入れた三か月の公務旅行証明書と、少数民族の言葉や民謡を採集するためのテープレコーダー、旅の道程を撮影してくれるカメラマン、それからガズ（GAZ）〔自動車工場《ゴーリキー》〕で全天候型として新たに生産された、累積走行距離四千二百六十二キロメートルの白いM-72四輪駆動車を手に入れた。その車には〝ポベーダ（勝利 Победа）〟という名前をつけた。彼らは祝祭ムードに包まれたモスクワを発《た》ちたかったので、花の香りが舞い、旗がはためくメーデーの日を選んだ。

ベーラが北朝鮮の朝鮮《チョソン》作家同盟からの招請に応じたのはその前のことだったが、ヴィクトルに告げたのは一九五七年四月中旬だった。ベーラが六月に、自分よりも先に飛行機で極東に行くことを知ったヴィクトルは、失望した様子だった。

「朝鮮？　作家同盟？　そんなところに同盟なんかやっている作家がいるのか？」

「そんなところ？」

ベーラはヴィクトルに訊き返した。

「文字どおりさ。この前も北朝鮮から来た学生が言ってたよ。先の戦争〔朝鮮戦争〕でアメリカのマッカーサーが来る日も来る日もB-29で戦略爆撃を仕掛けてきて、国じゅうが石器時代さながらの廃墟に成り果てたってね。そいつも洛東江《ナクトンガン》とかいうところで負傷したらしい。そういえば、うまいこと言ってたな。初めは小さな蜂《はち》がブンブン羽音を立てていて、そのあとにスズメバチが群がって毒針を刺したって」

ベーラはきょとんとした顔で聞いていた。

「小さな蜂？　スズメバチ？　なによ、それ」

「先にプロペラ偵察機が飛んできて、そのあとに爆撃機が襲ってきたってわけ。ドイツ軍もそうだった。俺はそいつの言いたいことがすぐわかったよ」

ヴィクトルが説明した。

「まさに詩ね。毒針を刺すスズメバチが空を覆い尽くした光景。少なくともその国に詩人がひとりはいるってことよ」

「そいつの夢は詩人じゃなくて映画監督だ。北朝鮮のミハイル・カラトーゾフを夢見ているんだってさ」

ミハイル・カラトーゾフ監督は「鶴は翔んでゆく」で、ソ連で初めてカンヌ国際映画祭のパルム・ドールを受賞した。そのモノクロ映像の構成は息を呑むほど美しく、詩的な情緒があった。

「未来のカラトーゾフを夢見る青年がいる国なら、絶対に廃墟なんかじゃないわね」

ベーラはそう言いきった。ベーラの故郷はスターリングラード〔いまのヴォルゴグラード〕だった。先の大祖国戦争でスターリングラードの男女がヒトラーのナチス軍に立ち向かい、猛烈な爆撃で廃墟となった都市を懸命に守ろうとしたのは、何があっても死守せよというスターリンの命令が下ったからだけではないことを、彼女自身よく知っていた。その都市は彼らのものであり、彼らの青春と夢が埋《うず》まったところなのだ。その青春と夢の物語があるかぎり、いかなる廃墟であろうと跡形もなく消え失せることはないと、彼女は信じていた。

一九五八年のキリン

キヘン（夒行）は詩人だ。だが、二年前に児童詩を書き始めるまで、彼の詩を読んだことがある人はほんのわずかだった。キヘンはソ連の文学作品の翻訳家として知られていた。朝鮮作家同盟の建物にあるロシア語翻訳室が勤務地だ。中伏《ちゅうふく》の蒸し暑さが続く一九五八年七月、大同門《テドンムン》の方に向かって出勤する途中、キヘンは新聞掲示板の前に人だかりができているのを見た。近寄ってみると、新聞の一面に「中央衛生指導委員会に従い、衛生防疫事業を強化しよう」という見出しがあった。記事によると、保健衛生事業は社会主義革命の一つ、文化革命の核であるとし、夏季の伝染病を予防するために井戸に蓋《ふた》をすることと、水を沸かして飲むこと、便所の掃除を徹底することを強調していた。とくに目を引くことでもないのに人々が群がっていたのは、深刻化していた伝染病のせいではないかとキヘンは思った。病院には多くの患者が押しかけ、数週間前からは衛生検閲も頻繁に行われていた。検閲官らは各家庭をまわって、家の中が整理整頓されているか、衣類や寝具がきれいに洗濯されているか、台所と便所は清潔か、などを点検した。各事業単位と人民班は、宣伝活動も活発に行った。にもかかわらず伝染病の勢いはいっこうに弱まらなかったが、新聞は、共産主義の建設者として育成された人民の自発的な防疫事業により、社会主義の首都、平壌《ピョンヤン》における伝染病の病原菌退治は成功を収めている、と報道していた。キヘンは一歩後ろに下がった。そのとき、何かの気配を感じて顔を上げた。人々の頭と新聞掲示板の上に、起重機の長い腕が宙に浮いていた。広場の周りに高い建物がつくられていた。ゆっくりと向きを変える起重機の黒い腕が、一瞬ぴかっと光った。通りは朝から熱を帯びていた。

その日の午後、朝鮮作家同盟児童文学分科で、第2四半期の作品総和会議〔批判集会〕が開かれた。キヘンが文化会館の小講堂に着いたとき、会議はすでに始まっていた。ドアを開けて入ると、何人かがキヘンの方を振り返った。思いのほか後方の席は埋まっていたので、彼は前の方に歩いていった。壇上で発言していたオム・ジョンソクが、歩いてくるキヘンを見て口をつぐんだ。キヘンの耳に自分の靴の音が響いた。汗が首筋をつたって流れ落ちた。党中央の文化芸術部文学科指導委員であるオム・ジョンソクは、作家たちに党の文学政策を指導する仕事を任されていた。キヘンは執拗に自分を睨《にら》みつけているオムの視線をよそに、空いている席を見つけて座った。オムは髪を刈り上げた恰幅のよい男で、一見すると重量挙げ選手を思わせるが、日本統治時代から地下活動をし、評論を書いてきた人だった。彼はキヘンが席に着くと、再び話を続けた。

「リュ・ヨンジンの『仔牛』という詩は、母牛が峠の向こうの市《いち》に連れて行かれ、小屋にひとり残された仔牛の孤独な気持ちを詠ったものだそうですが、組合の共同牛小屋の木柵の中に、仔牛が一頭しかいないなんてことがあるだろうか。今日、我々の協同組合の牧場に、こんな閑散としたところがあるだろうか。人民の暮らす現実を歪めるにもほどがある。この仔牛の孤独は、いったい誰のためのものですか。誰もが力を合わせて働いている協同組合の中で、この仔牛のような孤独を感じる人が果たしているだろうか」

キヘンは鞄《かばん》からノートを取り出した。開いたページには、夕べあれこれ思ったことが綴られていた。隣の人に見られてはいけないので、急いで白紙のページをめくった。そしてさっきオム・ジョンソクが言ったことを書きなぐった。仔牛、孤独な気持ち、誰のためのもの……。次にオムは、他の詩人が書いたある詩を高く評価した。キヘンは評価された詩句も書き留めた。祖国の火柱、起重機を動かし、赤い旗……。すると、彼には思いもよらなかったことだが、オム・ジョンソクがいきなりキヘンの詩を読んだ。

キリンよ、
アフリカのキリンよ、
おまえはなんて　せがたかいんだ
たかくそびえる　やねのようだな。
おまえはなんて　くびがながいんだ
ふといさおのようだな。

おまえのくびに　はたをかかげよう
あかいはたを　かかげよう。
おおぞらいっぱいに　ふくかぜに
はたが　はためくように、
はるか　とおくからでも
はたが　みえるように。

それはキヘンが昨年、『児童文学』四月号に発表した童詩の一つ「キリン」だった。一年余り前に書いた詩がなぜいまごろ持ち出されるのかわからなかった。

オム・ジョンソクはキヘンに向かって顎《あご》をしゃくった。

「遅刻してきたトンム*、これはトンムが書いた詩ですね？　なぜ、よりによってキリンについて書いたのか、ここにいる人たちに説明しなさい」

キヘンが立ち上がった。周りの人たちは皆、彼を見た。

「子どもたちにはまず、思想性よりも教養性を植えつけることが大切です。なので、遠い国のいろいろな動物を面白く紹介し、その特徴を利用して思想性を明らかに……」

オム・ジョンソクがキヘンの言葉を遮《さえぎ》った。

「トンムの講義を聞きたいのではありません。どうしてここにキリンが出てくるのかを訊いているのです」

「おっしゃることの意味がよくわかりません。アフリカのキリンについて書いてはいけないのですか」

「我が国にも熊や虎がいるではないですか。それなのに、わざわざはるか遠いアフリカにいるキリンを持ち出して、赤い旗を掲げる理由を言いなさい」

キヘンは言葉に詰まった。質問の意味がわからないので答えようがなかった。オム・ジョンソクはそんなキヘンをあざ笑うように見た。

「いまだ純粋文学の残骸が残っているのか、社会主義リアリズムが理解できないとは遺憾です。我々の叙情は我が国における児童の生活感情に根を下ろさなければならない、という党の創作指針を、トンムは知らないのですか。アフリカのキリンなら、赤い旗でも青い旗でも好きに掲げればよい。我が国の動物に赤い旗を掲げてこそ意義があるのです。単に目新しいものを紹介しようとするから、このような曖昧さが生じるのです。ここにいる方々も肝に銘じておくように。この詩には主体《チュチェ》的な我々の生活、我々の感情が込められていない。そもそも主体《チュチェ》的に詩を創作しようという考えがないから、アフリカのキリンなどを思い浮かべるのです」

どんなに媚びてもそっぽを向く女性の前に立っている求婚者のごとく、キヘンはただ呆然と立ち尽くしていた。彼はキリンのことを考えた。

キヘンが席に着いたあとも作品総和会議は続いた。キヘンはなおもキリンのことを考えていた。首に赤い旗を掲げたキリンが目の前に見えた。オム・ジョンソクの言うとおりだった。キリンの首には赤い旗を掲げるべきではなかったと、キヘンは思った。

一九五七年のパラダイス

一九五七年六月、ベーラは平壌《ピョンヤン》に向けて出発した。かなりの長旅だった。オムスク、ノヴォシビルスク、クラスノヤルスク、イルクーツクを経てチタ〔東シベリア南部の都市〕に着いたら、そこで二泊し、一週間に三回、平壌との間を往復する朝鮮民航《チョソンミンハン》を待つことになっていた。チタで、オムスクに着いたばかりのヴィクトルと連絡がついた。ふたりは七月末、ベーラが帰国したときに、ウラン・ウデ〔いまのロシア連邦ブリヤート共和国の首都で、イルクーツクとチタの間に位置〕で会う約束をした。

ベーラは北朝鮮で、作家同盟の委員長である秉道《ビョンド》をはじめ、多くの詩人や小説家とともに、平壌、開城《ケソン》、板門店《パンムンジョム》、咸興《ハムン》などの地を旅した。その間、何人かの通訳者と出会い、キヘンはそのうちのひとりだった。ベーラもまた、彼を翻訳家だと思っていた。咸興で廃墟になった修道院を一緒に見るまでは。その日の夜、キヘンは自分が詩を書いていることをベーラに告白し、一冊のノートを差し出した。以前にも北朝鮮の詩人から肉筆の詩をもらったことがあったので、ベーラは何も考えずにそのノートを受け取った。

帰路は朝鮮民航で平壌からチタまで行き、そこからウラン・ウデ行きの列車に乗った。列車はひと晩じゅうシベリアの広野を走った。ふと、ベーラはキヘンから受け取ったノートを思い出した。鞄から取り出し開いてみると、縦に綴られた東洋の文字が目に入った。北朝鮮で見た本のほとんどが縦組みで印刷されていた。巻物を広げて読むときのように右から左へ読んでいくらしいのだが、巻物をなぜ右から左へ開くのか、それすら理解に苦しんだ。右手で書くと、書いたばかりの文字に手が触れ、墨で汚れてしまうだろうに。もしかして東洋人は皆、左利きなのか。そんなことを思っているベーラに、キヘンは左から右に読むと結末を先に知ってしまうので気をつけるようにと、突拍子もないことを言った。だが、ベーラはそんな突拍子もない返答が面白かった。ある物語を結末から読むとどうなるだろう。そんなことを考えながら車窓の外を見やると、ゆるやかに隆起した丘陵のかすかな輪郭の上に星がきらきら輝いていた。

翌朝、ウラン・ウデに到着すると、夜通し車を運転してきたヴィクトルが駅の前でベーラを待っていた。しばらく見ないうちに、彼は顔と腕が陽《ひ》にやけてすっかり浅黒くなっていた。苦労が偲《しの》ばれたからか、あるいは、しばらく異邦人に囲まれて過ごしたあとに懐かしい顔を見たからか、ベーラはヴィクトルに会えてとても嬉しかった。それは彼も同じだった。彼は両手を広げてベーラを抱きしめた。ヴィクトルが乗ってきたのはトラックだった。

「ポベーダはどうしたの?」

ベーラが訊いた。

「壊れたから修理しているところだ。草原で立ち往生していたときに、ちょうどこの人に会ってね。本物の猟人だぞ。セルゲイだ」

ヴィクトルがトラックのそばに立っている老人を指さして、ベーラに紹介した。黒い毛皮の帽子をかぶり、白い髭《ひげ》を生やした面長《おもなが》の東洋人だった。男はまるで冤罪を訴えに都市に出てきた田舎者のように、大きな目を瞬《しばたた》かせながら煙草《たばこ》を吸っていた。ベーラは男と目礼《もくれい》を交わした。

「ということは、いまウラン・ウデにいるんじゃないのね?」

ベーラが訊いた。

「みんなセルゲイの村にいる。そこはパラダイスさ。バイカル湖に沿って、北に三百キロメートルほどのところだ。野生の生活はちょっと不便かもしれないけど、君もきっと気に入るよ」

ヴィクトルにそう言われ、ベーラは鼻で笑った。野生の生活なら、クラスノヤルスクの開拓地ストレルカで幼少期を過ごしたベーラの方がよっぽど詳しかったからだ。春と秋がないタイガの、隙間なく植わった針葉樹林帯と湖。初雪が降ったあとは、翌年の夏までエヴェンキ族の橇《そり》に乗らなければ通れなかった道。ベーラはその頃のことを何度も話して聞かせたのに、ヴィクトルは覚えていなかった。彼は自分のことしか考えない人間だった。

「パラダイスはそこからもっと上の方よ」

ベーラは思わずそう言った。

駅前の食堂で軽く朝食をすませてから、彼らは北へと向かった。ところが、行き止まりになっているところで引き返したり、おまけにタイヤが泥濘《ぬかるみ》にはまって空まわりをしたりしているうちに、すっかり遅くなってしまった。彼らは辺りが暗くなっても、ヴィクトルの言うパラダイスにたどり着けなかった。それよりも、道中そのものがパラダイスだった。真っ青な空に赤い点が一つ灯ったかと思うと、瞬《またた》く間に西の空が朱色に染まった。その穏やかな流れは、ゆらめきながら湖に広がっていった。ベーラはその光から目が離せなかった。

パラダイスに着いたときには夜も更けていた。ふたりを真っ先に出迎えたのは、湖畔をうろついている犬たちだった。狩猟と漁撈《ぎょろう》を生業《なりわい》としているゴリド族にとって、犬は家族も同然だった。セルゲイと違い、若いゴリド族は顔じゅう髭だらけでとても人間には見えなかった。

運転手のアレクサンドロスとカメラマンのマクシムが火を焚いて待っていた。はるばるベーラが訪ねてきたことに感激したのか、ふたりは歓声をあげた。皆で焚き火を囲み、バイカル湖名物の魚オームリ〔サケ科の白身魚〕と鹿の肉を焼いて食べながらウオッカを飲んだ。ベーラはエヴェンキ族とともに過ごした十代の頃を思い出した。エヴェンキ族は勤勉で質素な生活をし、平和に暮らしていた。メーデー、十月革命の日、赤軍の日などの祭日には、皆揃ってその日を祝った。数年後、戦争が勃発した。父と母はもちろん、友人たちも前線に送られ、ベーラは初めてその頃の自分がどれだけ幸せだったのかを思い知らされた。その悔恨の念と悲しみが、彼女を書くことに導いた。そうして美しかった時代の記憶が数行の文章になって残ったのだ。

ベーラは旅行鞄に入っているキヘンのノートを思い出した。西洋風にページをめくると結末から読むことになる、縦に綴られた東洋の文字。人生を逆さまに生きるとどうなるだろう。結末を知ってから再び大祖国戦争を経て、十代に戻ったら？　将来、詩人になるとわかったうえでニコライ・ネクラーソフの詩を読んだとしたら？　この子は戦争に行ったきり帰ってこない、と思いながら級友と話をしたとしたら？　もとより悲しみは増すだろうが、その瞬間にだけ集中するはずだ。未来については考えなくてもいいし、過去はよく知っているのだから、もっぱら現在にだけ、いまこの瞬間にだけ。ベーラがそこまで思いを巡らしたとき、セルゲイがすっくと立ち上がった。

一九五八年の芝居

暮れゆく西門《ソムン》通りは、家路に就く人たちで混み合っていた。夕焼けが彼らの頭の上で緩やかにうねっていた。キヘンは歩くことだけに集中したかったが、どうしてもあれこれ考えてしまった。頭の中に一番長く留まっていたのは、五月以降、急に翻訳の仕事がなくなったことに対する不安だった。家には幼い子どもが四人もいるというのに、もはや配給だけでは足りなくなり、穀物を借りなければならない状況だった。ひと間暮らしから逃れたいという思いはもうとっくに捨てた。そんな思いに耽《ふけ》りながら、河口へ流れる水のごとく移動していく人混みにまぎれて歩いていたとき、突然、人々が足を止めた。キヘンも立ち止まった。やがて理由がわかった。帽子とマスクで顔を覆い、ゴム服を着た防疫隊が、道を塞《ふさ》ぎ、噴霧器でクレゾール消毒水を撒いていた。

クレゾールのにおいがぷーんと押し寄せてきた。そうやって立ったまま、キヘンは植民地時代の末期、新婚生活を始めた頃の平壌を思い出した。ピアニストである当時の妻の鏡《ギョン》と、ジャン・

ギャバン〔フランスの俳優、歌手〕主演の映画をよく見に行った中城里《チュンソンニ》の映画館。画家の義弟やその友人たちとよく酒を飲みに行ったサッチョン谷《コル》のナカイ屋と、半地下《パンジハ》にあった喫茶店のセルパン。冷麺《ネンミョン》の店を探してひとり歩いたサチャンマダンと西門《ソムン》市場の路地……。すっかり変わり果てた平壌の昔の姿を思い浮かべながら、沈黙の中で通りを消毒している防疫隊を眺めていると、記憶も現実もすべて夢のように思えた。十分ほどして通行が再開された。彼はロータリーを通り過ぎて川を渡り、薄暗くなった頃にようやく俊《ジュン》の家に着いた。隣人同士で共用している庭で子どもたちが遊んでいた。俊の末っ子がキヘンを見るなり駆け寄ってきて挨拶をした。部屋の戸を叩くと、俊の妻のヨンが出てきて、夫はまだ帰ってきていないと言った。キヘンが持ってきた焼酎を縁側に置いて座っているところに、ヨンがキムチを盛った小皿を膳にのせて運んできた。

「俊が帰ってきてからでいいのに」

昔、同じ新聞社に勤めていた友人、弦《ヒョン》の妹でもある彼女とは、知り合ってもう二十年になる。

「そろそろ帰ってくる時間ですから」

統営《トンヨン》出身の彼女を見ると、どうしても南海《ナメ》を思い出してしまう。南海という言葉はもう気が遠くなるほど昔のものになった。統営を流れる幅の狭い運河を最後に見たときは、そのうちまた来るだろうと思っていたのに、あれから二十二年の月日が経ってしまった。その間、国が解放され、続いて起こった戦争によって休戦ラインが引かれたため、いつまた南海を見られる日が来るのか予想もつかなかった。だが、親きょうだいを置いて夫とともに北に渡ってきた彼女の切実な思いには比べるべくもない。だからキヘンは、彼女の前で統営の話をしなかった。もちろん、理由はそれだけではなかったけれど。

一杯も飲み終わらないうちに俊が帰ってきた。いつしか真ん丸くなった月が、ちょうど屋根と屋根の隙間に浮かんでいた。俊は子どもを抱きしめ優しい言葉をかけてから、キヘンの向かいに座った。

「こんなところにまでお出ましとは、どういう風の吹きまわしかな？」

俊が杯《さかずき》を差し出しながら訊いた。

「酒の匂いに誘われてね……」

「君に酒の匂いがわかるとは意外だな」

ふたりは杯を交わした。

「翻訳はうまくいってるか？　ニコライ・ドゥボフの『シラタ（Сирота）』を訳しているんだったっけ？」

キヘンが尋ねた。すると、俊がそばに置いてあった鞄をぽんぽんと叩いた。

「もうすぐ終わるよ。ところで、ひとつ訊きたいことがある。〝シラタ〟は〝孤児〟という意味だよな？　なのに出版社は、この小説のタイトルを『孤独』にしたいらしい。君はどう思う？」

そう言われたキヘンはただ苦笑いを浮かべながら、もう一杯酒を注いで飲んだ。俊が慌てて杯を合わせた。

「何だよ、その顔は」

「いや、孤独って言うから、今日の昼にあった第2四半期の作品総和会議を思い出してね」

キヘンは声を潜《ひそ》めて、日本語で話し始めた。人に聞かれて困るときは日本語で話した。

「党が指導委員として連れてきたオム・ジョンソクが、『仔牛』という詩を読んで、仔牛のこの孤独な気持ちはいったい誰のためのものですかって問《と》い質《ただ》すんだ。詩人が、母牛を亡くした仔牛が寂しそうだと言っちゃいけないなんて、それこそ孤独だと思わないか？」

俊も日本語で答えた。

「寂しいのはいけないことだと思っているんだろうな。寂しいからこそ肉親の温もりもわかるってのに。この社会はつねに嬉しくて楽しくて、高揚した状態だけを詠えという。でなけりゃ、怒り、憎悪し、呪えという。ま、つねに躁状態でいなければならないわけだから、寂しさとはどういうものなのか、孤独とは何なのか、わからないんだろ。この前、鍾路《チョンノ》のある画廊で、製鉄所かどこかで働いている労働者たちを描いた絵を見たんだけど、重たい鉄筋を担いだ労働者たちがみんな笑っているんだ。苦痛を感じない人間、悲しみを知らない人間、孤独になる暇《いとま》もない人間、それこそが党の望む新しい社会主義の人間像なんだよ。まったく笑っちゃうよな」

そのとき、部屋の中から「あっ！」とヨンの声が聞こえた。暗い部屋で針仕事をしている彼女が、針で指先を刺したらしい。一瞬途切れた俊の話がまた続いた。

「これじゃまるで、いつも無理やり笑わされているようなもんだよ。そうやって無理に感情を昂《たか》ぶらせたら社会主義的改造が成し遂げられるのか？　人間の存在は流動的なんだから、何かの縁や条件次第で小川にもなれば大河にもなる。時には湖や滝にだってなる。なのにそれらをひっくるめて、つねに喜べ、高揚した人間になれ、闘争せよ、なんて言われて、できるものなのか？」

俊は言葉を切ってから、また朝鮮語に戻した。

「いまのままじゃ、僕たちは二つのうちのどちらかを選ぶしかないな。〝シバイ（芝居）〟をするか、しないか。それこそが改造の本質じゃないかと思う。芝居ができる者は残れ、できない者は去れ。だから残った者は芝居をすることになるんだが、みんなが芝居をしたら、それは芝居じゃなくて現実になってしまう。新しい社会はそうやってつくられるんだ。こんな世の中でものを書くこともそうさ。自分を騙せるんだったら書けばいい」

キヘンが尋ねた。

「残された道は二者択一か。他に方法はないのかな」

「僕たちの不幸はそこから始まっている。第三の道がないってこと」

「なら君はいま、芝居をしてるのか？」

キヘンがもう一度尋ねた。

「僕にとっては翻訳が芝居だね。数年前まで君だってそうだったじゃないか。なのにどうした？どうしてまた詩を書いているんだ？　訊こう訊こうと思ってたんだが」

俊が訊いた。次第に酔いがまわってきた。

「そうだよな。僕はどうしてまた詩を書いているんだろう」

ひとりごとのようにキヘンが言った。ひょっとすると不幸のせいかもしれなかった。彼はいつも不幸に惹かれた。ずっと昔から、もしかしたら幼いキヘンにとって目を見張るような、山川とキツネと鮒《ふな》の煮込みとカヂュランの家のおばあさん＊を数篇の詩に残したときから、あるいは、はるばる統営《トンヨン》にまで行ったのに女性の心ひとつつかめず、そこでもまた数篇の詩だけができたときから、ずっと。キヘンを魅了した不幸とは、最も盛んで輝かしかった時代に彼が愛したものたちが生み出した結果だった。再び詩を書きたいと思ったのもそのためだった。愛さえ証明できるのなら、不幸になるのはどうということはなかった。

「僕はもう君に詩を書いてもらいたくない。いつだったか、君とは消息が途絶えていて、僕たちがそれぞれの時代の狂風に巻き込まれ、落ち葉のようにあっちに吹かれこっちに吹かれていた頃、僕には君から預かっていた詩があった。『南新義州《ナムシニジュ》 柳洞《ユドン》 朴時逢方《パクシボン》』。僕はいまでもあの詩が忘れられないんだ。前線で振りまわされているときも、あの詩にずいぶん支えられたよ。なのに僕は、君が生きているのか死んでいるのかも知らない薄情な人間だった。僕はもう君が、君の詩より不幸になってほしくないんだ。これ以上、僕を薄情な友人にさせないでくれ。だからこれからは詩はやめて、翻訳に専念しないか？ 秉道《ビョンド》に頼めば、それくらい都合をつけてくれるさ。どう思う？」

心優しい俊が囁《ささや》くように問いつめた。キヘンは答える代わりに、気がつけば猫の額ほどの庭を白々と照らしている月を見やっていた。

一九五七年の羞恥心

セルゲイが目を覚ましたとき、ウオッカに酔ったアレクサンドロスがマクシムに悪態をついていた。ふたりは育った環境はもちろん、関心事も違ったが、あくの強いところだけはそっくりだった。だからか、旅行中に溜まっていた鬱憤がとうとう爆発してしまったのだ。ヴィクトルが止めようとしたら、アレクサンドロスは鹿の肉に刺してあった鉄の棒を放り投げ、焚き火から火の粉が飛び散った。その傍らでセルゲイは両腕を振りながらくるくるまわり始めた。すると、ついさっきまで取っ組み合っていた三人がのそのそ這いながら、あるいは途中でつまずきながら小屋に走っていき、テープレコーダーやらノート、カメラなどを持ってきた。セルゲイは歌いだした。

その年の冬、大雪が降ってトナカイたちは飢え死にし、妻は二度と床から起き上がれなくなった。

もし夏の雪を見ることができたら、
また彼女と湖に歩いていける日が来るだろう。

セルゲイがトランス状態に陥るにつれ、歌は無意味なつぶやきに変わっていった。セルゲイはウオッカではない別のものに酔っていた。おそらく芥子《けし》を吸ったのだろうと、ヴィクトルがベーラに言った。廃墟になった修道院から聞こえてくる鐘の音に似た、深みのある声がベーラの心に響いた。セルゲイはウオッカの瓶を提げていた。炎に染まった瓶の動きは、消えた光跡や軌跡のような残像を残した。やがて彼は瓶の中に残っているウオッカを焚き火にふりかけた。呪いが解けた霊魂のように炎が燃え上がった。彼は焚き火に、煙草の葉を、乾いた汚物を、肉と塩と米と小麦粉を、木綿を、マッチを、空の瓶を、手当たり次第につかんで放り投げた。セルゲイは橇《そり》を引く犬を操るように、炎を自由自在に操った。炎は燃え上がったかと思うと弱まり、また勢いよく燃えた。ベーラは炎にすっかり魅せられた。休むことなく燃え上がっては弱まり、そうかと思うと再び燃え盛る炎に、いまにも滅亡しそうなのに執拗に続いている歴史の姿を見た。ベーラは鞄からノートを取り出して書きなぐった。

私は後悔しない、これからも後悔しない。初めてあなたに会いに行ったとき、私はあなたを
　信じたけれど、静かに、静かに揺れながら流れていくヴォルガ川よ
あなたは決して眠らない。夜と昼、闇と光、死と生命のはざまにいても、あなたは休まない。

目も鼻も耳も舌も取れてしまった悲しい歴史の身体で。

翌日、ゴリド族の丸太小屋で目を覚ましたベーラは、夕べ書いた詩を読み返した。単語を書きかえ、行を入れかえながら、それを縦書きにしてみた。漢字のように見せようと文字の端を尖《とが》らせてもみたが、やはりキリル文字では難しかった。彼女は旅行鞄からまたキヘンのノートを取り出した。目を覚ましたヴィクトルが、そこに書かれた文字を見て興味を示した。

「美しい詩だね」

「どうしてわかったの？　朝鮮語が読めるの？」

「いや。形からして美しいじゃないか」

ベーラは悄然《しょうぜん》とした。

「平壌を発つときに、ある人から預かったのよ。北朝鮮の人には絶対に見せないでって言われたわ」

ベーラがそう言うと、ヴィクトルは急に深刻な顔つきになった。

「見せてはいけない理由は訊いたのか？」

「自分には守りたいものがあるけれど、いまの北朝鮮では無理だから、代わりに持っていってほしいって」

「怪しいな。何が書かれているのかは知ってるんだろ？」

「知るわけないでしょ。預かってくれって言われただけだから」

　するとヴィクトルが声を潜めて言った。

「知らないのに預かったのか？　北朝鮮にもエヌカーヴェーデー（ＮＫＶＤ）〔ＫＧＢの前身〕があるかもしれないぞ。どうして他人のことに首を突っ込むんだ」

　するとベーラが語気を強めた。

「何が書かれているかですって？　あなたも見たじゃない。美しい詩なんでしょ！」

「大声出すなよ、ベーラ。いまは解氷期でも、いつまた冬が襲ってくるかわからない。面倒なことには関わらない方がいい。俺は君のことを思って言ってるんだ」

「あなたこそ、おかしなことばかりして。いつまでこんな暮らしを続けるつもり？　何の計画もなしに、何か月も家を留守にして。エレナはパパの顔なんかとっくに忘れてるわよ！」

　ベーラは声を荒《あら》らげた。すると羞恥心が押し寄せてきた。彼女はドアを開けて外に出た。そこには美しい夏のバイカル湖の光景が広がっていた。湖岸に打ち寄せる波の音と、其処此処《そここ》でさえずる鳥たちの声が重なり合って聞こえてきた。すぐにでも娘のエレナが待っているモスクワに帰りたかったが、モスクワはあまりにも遠く離れていた。モスクワどころか、列車が走っているウラン・ウデやイルクーツクですらひとりで行くのは無理だった。

　人生は何かにつけベーラに質問を投げかけた。人生が問いかけるものには積極的に答えなければならない。望むものがあるならなおさらだ。やむをえず答えられなければ、それもまた一つの選択といえる。この世に生まれてくるときのように、私は何もしていない、だからこれは私の選択ではない、と言ってすまされるものではない。自分の選んだことにはどういう形であれ、責任を取らなければならなかった。たとえ仕方なく選んだことだとしても。ベーラは湖岸で歩みを止めた。

一九五八年のオクシム

夜通し蚊《か》に悩まされ、一睡もできなかったキヘンは、早めに作家同盟のロシア語翻訳室に出勤した。机の上には郵便物があった。差出人の名前はインクで潰され、封は開けられていた。封筒の表にはソ連郵便局が発行した四十カペイカ切手が何枚もぺたぺた貼られており、中にはロシア語で書かれた詩が二篇入っていた。詩の題名は〝小径《こみち》〟という意味の「トロピンカ（тропинка）」と「ハムレット（Гамлет）」だった。「トロピンカ」という詩には、「朝鮮のある詩人へ」という副題とともにベーラの名前が記されていたが、「ハムレット」には詩人の名前がなかった。手紙は入っていなかった。キヘンは持ってきた『ハムレット』の原書を机の上に置いて席に座り、封筒に貼られた切手を見つめた。

一枚目の切手には、アフリカ大陸が中央に位置する地球の周りを、白い光が傾いて旋回する絵が描かれていた。切手の左上には「一九五七年十月四日」という日付があり、右下には「世界初ソビエト人工衛星」と書かれているのを見ると、その白い光はスプートニク一号の軌跡であることがわかる。二枚目の切手には、田舎町の背後で何かが白い煙を吐きながら地面に衝突するシーンが描かれていた。そこには「シホテアリニ隕石落下　一九四七年二月十二日」という文言が印刷されていた。辞書を広げ「シホテアリニ」を調べてみると、「プリモルスキー地方とハバロフスク地方にまたがる山脈」と出ていた。

近いといえば近いところに隕石が落ちたというのに、キヘンは十年経ったいままでその事実を知らなかった。沿海州の田舎町に火の塊のような隕石が落ちたとき、キヘンは平壌で朝鮮民主党を率いる古堂《コダン》〔曺晩植《チョマンシク》〕*に仕えていた。古堂とは縁が深かった。五山《オサン》学校*に在職していた頃の古堂はキヘンの家に下宿していたし、数年後、キヘンがその学校に入学したときには校長を務めていた。解放後〔日本の敗戦に伴う日本統治終了後〕はソ連人を相手にすることが増えたため、故郷の定州《チョンジュ》にいたキヘンを平壌に呼び寄せ、通訳兼秘書をさせた。その頃はまだ、古堂が南朝鮮《ナムチョソン》の人士らとともに民主共和国をつくればソ連軍も米軍も撤収するだろうと、キヘンは思っていた。いま考えると無邪気としか言いようがないが、その頃は皆がそう思っていた。誰もが互いの善意を信じていた。

解放直後は暮らしの面だけを見ると、キヘンにとっては最も幸せな時期だった。政治家や軍人の、時には身を刺すような直接的な言い方に、時には禅問答のような真意がとらえにくい物言いに、振りまわされる苦しい日々だったが、誰よりも自分を理解してくれる女性に出会い、結婚し、子どもを持った。通訳官としての実力も認められ、懐《ふところ》具合もよかった。何より夜遅く仕事を終えて家に帰るときには、一日じゅう思い巡らせた詩句が一つぐらいは頭の中にあった。民主共和国が建国されて政局が安定した暁には、教師をしながら、せめてひと月に一篇は詩を書こうと心に決めていた。そういえば、ある料亭で自分と同い年〔一九一二年生まれ〕の若い首領〔金日成のこと〕に出会ったのもその頃だった。彼は礼儀正しく、思慮深く古堂《コダン》に接していたが、聞こえてくる噂は殺伐としたものだった。ふたりを隔てたものが政治術の核心であることを知ったのは、古堂が高麗《コリョ》ホテルに軟禁され、朝鮮民主党で働いていた多くの人が境界線を越えて南に行ってしまったのちだった。なぜおまえはあのとき一緒に行かなかったのか。ふと、そんな声が聞こえた。忘れそうになるとキヘンの心の中に響く、内なる声が。

「ずいぶんお早いですね。お願いしたい翻訳を机の上に置いておきました」

そこに続く現実の声に、キヘンは振り返った。ひと月前からロシア語翻訳室で働いているオクシムという若い女性だった。数年間のモスクワ留学を終え、春に帰国したという。すらりと背が高く、ウェーブのかかった髪がずいぶんと異国風だったが、そのためかあれこれ噂が絶えなかった。恋愛沙汰に巻き込まれて留学の途中で呼び戻されたという風聞《ふうぶん》もあれば、彼女の父親が党の高位幹部なので作家同盟翻訳分科の委員長が尻込みしているという話も聞こえてきた。実情はどうであれ、大して仕事もせず、それでいて休みがちなのに翻訳室から追い出されないのを見ると、何か伝手《つて》でもあるのだろう。そのわりには表情に陰りがあったが、その日はどうしたわけか明るかった。

「この詩はどこからまわってきたのですか」

キヘンが訊いた。

「文学新聞に発表する詩だそうです。もともと私のところに来たんですけど、キヘントンムに譲ります」

二十歳も年上の男をぶしつけにも〝トンム〟と呼べるのは、やはりソ連の国籍を持つからだろうとキヘンは思った。これまで作家同盟の若い〝トンム〟たちに、古臭い封建主義の観念に縛られているとたびたび批判されてきたが、キヘンにとってそれは決して観念などではなかった。むしろ体に染みついている無条件反射のようなものだった。若いオクシムにトンムと呼ばれ、思わず眉《まゆ》をひそめてしまったように。

「どうしてまた」

「私には小説の方が向いているみたいですから。詩は、意味はわかるけれど、その単語にふさわしい朝鮮語がわからないから訳すのが大変なんです。それに、キヘントンム宛てのものですから、トンムがやるべきではないですか」

キヘンは少し衝撃を受けた。それで何も答えずにいると、オクシムがまたこう言った。

「ロシア語翻訳室で一番お暇な人がやればいいんです。その本はとっくに訳し終わっているんでしょう？　何もしなければ米も肉ももらえませんよ。基本賃金だけでどうやって家族六人が暮らしていくんですか」

キヘンが衝撃を受けたのは、三枚目の切手のせいだった。

「勝手な真似をせずに、上層部から言われたとおりにしてください。私は要らないのでお返しします」

キヘンは封筒を差し出した。

「委員長同志《トンジ》には私から話しておきますから、ご心配なく」

オクシムはキヘンが差し出した封筒に目もくれず、そう言って振り返った。キヘンは何か言おうとして、口をつぐんだ。彼女は自分の席に戻って鞄を置き、窓を開け放した。朝のひんやりとした風が、ひと晩じゅう閉ざされていた空気を押し出した。オクシムは一度伸びをしたあと、窓から身を乗り出して思いきり息を吸い込んだ。すると今度は、誰かに向かって手を振りながら挨拶をした。「おはよう」と答える男の声が聞こえた。浮わついた軽薄な声だとキヘンは思った。

そして、封筒に貼られた三枚目の切手を見つめた。

一九五七年の焚き火

モスクワに戻ったベーラは、バイカル湖で決心したことを一つひとつ実行に移しながら、その年の秋を過ごした。裁判所に離婚訴訟を提起し、スターリングラードで働くところと住処《すみか》を探した。十一月にようやく裁判が終わり、エレナの養育費の問題が解決した。冬になる前にスターリングラードへ行こうと荷物をまとめていたとき、彼女は一冊のノートを見つけた。キヘンから預かったノートで、余白にはバイカル湖で彼女が書きなぐった文字があった。

ベーラはマクシムに紹介してもらった、ノートの文字を解読してくれる人に会うために、国立映画大学を訪ねていった。北朝鮮のミハイル・カラトーゾフを夢見ているという、シナリオ科のリ・ジンソンである。彼はそのノートを見せてもかまわない信用できる人だと、マクシムは言った。ベーラは授業が終わったシナリオ科の教室に入っていき、リ・ジンソンに会った。端正な顔立ちで、感じのよさそうな人だった。彼は初め警戒していたが、ベーラが詩人ヴィクトルの別れた妻だと言うなり顔色が変わった。

「ということは、ベーラ？　あなたがベーラなんですね。わぁ、お会いできて光栄です。ヴィクトルからいろいろお話を聞きました」

「ヴィクトルとはどういうお知り合いですか」

「マクシムの紹介で知り合ったんですけど、会うなり惚《ほ》れ込んじゃって。ポベーダにも乗せてもらいました。彼、助手席にタイプライターを置いて、詩を書きながら運転するんですよ。車を降りたあと、僕がもう二度とあなたの車には乗らないって言ったら、詩は命がけで書くものだって言うんです。面白い人ですよね」

「あまりいい人じゃないから、深入りしないでくださいな。他人のことに首を突っ込んで、いいことなんてないでしょ？」

ベーラが声を潜めて言った。

「本当はヴィクトルじゃなくて、アンドレイ・ヴォズネセンスキーに会いに行ったんです。いや、じつを言うと、ヴォズネセンスキーがペレデルキノ〔モスクワ市内の南西に位置〕に住むボリス・パステルナークと親しいって聞いたものですから」

「パステルナークがお好きなの？」

「もちろんです。キエフスキー駅から列車に乗って、彼の別荘《ダーチャ》に訪ねていったこともあるんですよ」

ベーラはそんなリ・ジンソンに好感を持った。少なくとも誰かを告発するような人には見えなかった。

「ならよかった。先日、北朝鮮を訪ねたときにある人からノートを預かったんだけど、朝鮮語で書かれているんです。何が書いてあるのか知りたくて。ちょっと見ていただけますか」

するとリ・ジンソンの顔からさっと笑みが消えた。

「誰から、どういういきさつで?」

「私の詩を訳した人で、ご自分も詩を書いているそうなの。会っていろいろ話はしたけれど、詳しいことは私もよくわかりません」

ベーラがそう言っても、リ・ジンソンの表情はこわばったままだった。

「なるほど、困りましたね。どんな人が何を書いたのかも知らずに飛びつくより、知らないままにしておく方が、その人のためにも僕のためにもいいと思いますけど」

「そうですか。その人とは咸興《ハムン》を旅したときに同行しただけで、それ以上のことはわからないのよ」

するとリ・ジンソンが大きく目を見開いた。

「え? 咸興に行かれたんですか」

「咸興をご存じ?」

「もちろんですよ、僕の故郷ですから。咸興はいまどうですか。戦争中〔朝鮮戦争のこと〕にモスクワに留学してから、一度も帰っていないんです」

ベーラが咸興に行ったことを知り、リ・ジンソンの態度は再び好意的になった。ふたりは自分たちが記憶している咸興についてしばらく語り合った。

「そうそう。ドイツ民主共和国から来た復興支援チームが、ヴィルヘルム・ピーク大通りを建設したそうですよ」

「僕の覚えている咸興は、もうどこにもないんですね」

咸興の変わりようを聞いて、リ・ジンソンは寂しそうに言った。

「そのノート、何か特別なことでも書かれているんでしょうか」

ベーラは肩をすくめた。「それを確かめてほしいんです。私は朝鮮語が読めないから」

リ・ジンソンは舌でぺろっと唇を舐めた。ベーラが鞄からノートを取り出した。リ・ジンソンはノートを受け取って窓ぎわに行き、一枚一枚めくりながらじっと見入った。最後まで目を通すのに少し時間がかかった。やがて彼はベーラの方を振り返った。「これは、また見事な……」と言ってから、彼は「とても美しい朝鮮語で書かれた詩です」とつけ加えた。

「とても美しい朝鮮語？」

ベーラが訊き返した。

「じつは、僕も詩を書いているんです。でも朝鮮語でこんな詩が書けるなんて、考えたこともありませんでした。これほどまでに詩的な情景が朝鮮にもあるなんて。手に取るようにわかる単語ばかりなので、訳すのは難しいですね」

彼はノートをぱらぱらめくった。

「例えば、この詩。うまく訳せるかな」

リ・ジンソンが訥々《とつとつ》とロシア語に訳した詩はこうだ。題名は「焚き火」だった。

縄の切れ端も　古びた草鞋《わらじ》も　牛の糞も　革の靴底も　犬の歯も　板切れも　藁《わら》くずも
落ち葉も　髪の毛も　ぼろぎれも　棒切れも　瓦《かわら》も　鶴の羽も　犬の毛も　燃える焚き火
斎長《チュダン》*も　初試《チョシ》*も　老体の門長《ムンジャン》*も　奉公人の坊主も　新婿《にいむこ》も　嫁の父親も　旅人も　宿主も
じいさんも　孫も　筆売りも　鋳掛屋《いかけや》も　大きな犬も　仔犬も　みな焚き火にあたる。
焚き火には　私の祖父が幼くして親をなくした寂しい子であり　憐れにも不具になってしまった悲しい歴史がある

拙《つたな》い訳だったが、ベーラは一瞬でその詩に魅せられた。バイカル湖の畔《ほとり》の、ゴリド族の村で見たものと同じ光景だったからだ。

「よかったら他の詩も訳してもらえるかしら？」

ベーラが訊いた。

「さっきのもうまく訳せなかったんですよ。もう少し時間をいただけるなら、一番いいのを五つほど選んで訳してみます」

「翻訳料は差し上げられないんだけど……」

「あ、かまいません。自分の勉強にもなりますから」

「それじゃ、お礼に食事をご馳走させて。いつ会えますか？」

「一週間後にここに来ていただけますか」

それを聞いてベーラが困った顔をした。

「じつは私、明後日の夜には列車でスターリングラードへ発たないといけなくて」

「明後日までですか……」

リ・ジンソンが頭をぽりぽり搔《か》きながら言った。

「まあ、でもいいわ。とりあえず詩だってことはわかったから」

ベーラがそう言うと、リ・ジンソンはノートを返そうとした手を引っ込めた。

「いえ。とてもいい詩なのでもう少し読んでみて、明後日までに訳してお返しします。明後日の正午に、またここで会えますか」

「ええ。その日のお昼は私がご馳走しますね」

ふたりは会う約束をして別れた。

二日後の正午、ベーラは同じ教室の前で待っていたが、リ・ジンソンは現れなかった。左手にキヘンのノートを持ったリ・ジンソン、それがベーラが見た最後の姿だった。人づてに寄宿舎を訪ねていき、そこで会った朝鮮人留学生に訊いてみたが、その人も彼の行方を知らなかった。ただ、顔には困惑の色が浮かんでいたので、知っていることがあれば何でもいいから教えてほしいと言うと、その人はおどおどしながら、彼に何の用があるのかと訊いた。ベーラは、彼に貸したものを今日ここで返してもらうはずだったが会えなかったと答えた。すると、何を貸したのか知らないが、おそらく返してもらえないだろうという返事が返ってきた。理由を問い質すと、その学生はとても困った顔をして、昨日、朝鮮人留学生大会が開かれたとき、その場にいたリ・ジンソンが党と首領に対して不敬な発言をしたために、北朝鮮大使館に拘禁されたのだと言った。ベーラははっと我に返った。他人のことに首を突っ込むなとヴィクトルが言ったことを思い出したのだ。彼の言ったとおりのことが起こったのだと思うと、憤りを覚えた。

ベーラは家に帰って荷物をまとめ、午後七時にスターリングラード行きの列車に乗った。二度とモスクワには戻らず、娘のエレナと英雄都市スターリングラードで第二の人生を生きるつもりだった。キヘンに手紙を書こうと思いついたのは、年が明けてからのことだった。娘に会いにスターリングラードに来たとき、ヴィクトルはモスクワの家に届いた郵便物を持ってきた。その中に北朝鮮からの手紙が何通かあった。作家同盟から送られてきたものと、キヘンからの手紙も交じっていた。手紙には、北朝鮮を訪問したときの感想を一篇の詩にして送ってほしいという依頼と、新たに書いた自分の詩を同封すると書かれていた。手紙の内容はどれも同じだった。ただ、縦に書かれた詩はどことなく形を変えていた。数日後、ベーラはキヘンにノートを失くしたいきさつを短く手紙に書いた。そのあと少しためらったが、ヴィクトルに厳重に注意されたとおり、今後はもう朝鮮語の詩を送ってこないでほしいとも、ひと言つけ加えた。新作詩を入れた手紙を持って郵便局に行くと、スプートニク二号打ち上げの記念切手が売られていた。彼女はエレナの分も何枚か購入した。その切手には、右手を高く挙げた女性の姿があった。

一九五八年のスプートニク二号の切手

その切手には、右手を高く挙げた女性が描かれていた。女性は白のチュニックを着ており、豊かな髪を服と同じようになびかせていた。キヘンが顔を上げて窓の方を見やったとき、振り返ったオクシムと目が合った。彼女は思いもよらぬ視線に恥ずかしそうにふふっと笑い、「翻訳が終わったら私にくださいね」と言った。キヘンは何も答えずに、再び切手の中の女性に視線を戻した。女性の足もとには小さな地球が描かれ、彼女の手が伸びている方向に宇宙船が打ち上げられていた。背景には星が輝いていた。女性と地球と宇宙船と星を、Ｊの字型に並んだ「第二のソビエト人工衛星　一九五七年十一月三日」という文字が包んでいた。

一年前のことをキヘンが鮮明に覚えているのは、ラジオでニュースを聴いたからだった。その日のタス通信は、初めて人工衛星に搭乗した犬について、最初の数時間はおとなしく、健康状態も良好だと報道した。四日後、皆既月食があった。外は肌寒かったが子どもたちに月食を見せてやりたくて、夕食後、家族揃って月を見に行った。キヘンは丘をのぼりながら子どもたちに、太陽を呑み込んだが熱くて吐き出し、月を呑み込んだが冷たくて吐き出した、伝説の犬について話してやった。子どもたちは犬を探そうと月を見上げた。キヘンは夜の平壌を眺めた。高くそびえた起重機や、少しずつ再建されている雄壮な官庁、その陰に隠れた粗末な穴ぐらの上に、皎々《こうこう》と輝く月明かりがまんべんなく垂れ込めていた。犬は見えなかったが、犬はそこにいた。月が消えたのだから。丘を下りてくるときは、スプートニク二号に乗って宇宙に行った犬の話をしてやった。子どもたちは、自分が先に人工衛星を見つけるのだと言って空を見上げた。子どもたちの見上げる夜空には、月を呑み込む犬と宇宙船に乗った犬が一緒にいた。

そして、年が明けて一九五八年五月十五日。ソ連はスプートニク三号を打ち上げた。文学新聞の編集委員会ではこれを記念する詩を掲載しようという意見が出され、思いもかけないことに執筆者としてキヘンが選ばれた。一年前の初秋、『児童文学』の拡大編集委員会の会議で児童詩が批判されて以来、詩の依頼が途切れていたので、キヘン本人も意外に思った。文学新聞は、党の文芸政策を正確に創作に反映させている週刊の新聞だ。キヘンは一九五六年の創刊当時、編集委員を務めていたので、その文芸政策について熟知していた。党は考え、文学はそれを書き取る。だから書いている間は余計なことに気を取られてはいけないのだが、キヘンはうまくやれなかった。周りからは〝自我〟が強すぎると批判された。その自我は批判されるべきものだというのが彼らの言い分だった。

そして求められる自己批判とは、次のようなことだ。キヘンが断れずに書いた記念詩も、太陽と月を呑み込む犬と、ソ連の科学者としての犬を登場させたという理由で、編集会議で紙がぼろぼろになるまで批判された。主筆と編集委員らは入れ代わり立ち代わりほぼすべての文章に赤い線を引き、まったく違う詩になるほど手直しした。「私は宇宙を征服する第三の勝利者」「私は共産主義の天才」「疲れ知らずの共産主義よ」などと……。「なぜ犬ですか。主人公は第三人工衛星でしょう」と、ある詩人が言った。
キヘンが書いた詩のうち、残ったのはたった二連だけだった。

すべての善良で真《まこと》の精神には
かぎりなく堅い意志、力漲《みなぎ》る鼓舞で
あらゆる猛々《たけだけ》しく傲慢な精神には
このうえなく恐ろしい打撃、峻厳《しゅんげん》な警告で
私が宇宙を飛ぶのは
ここに大きな平和の星座をつくるためだ!

大気圏を離れ、イオン層を越え
数多《あまた》の星座を通り、隕石の群れを突き抜け
宇宙の果てしない神秘の中へ
太陽系の深遠な輪の中へ

声高《こわだか》に叫び　颪を起こし
高く高く舞い上がるのだ。

数日後、寒冷前線が平壌と元山《ウォンサン》に近づき、冷たい空気が流れ込んできたかと思うと、時季はずれの大雪が降った。五月の雪は気象観測史上初だと報道されたが、天候の急変がみられる時期には珍しくない自然現象だと、利いたふうな口をきく者たちもいた。

まさにその日、オム・ジョンソクが指導委員室にキヘンを呼んだ。

「文学新聞に書いた詩、読みましたよ。どうですか、感想は」

「編集委員の皆さんが揃って手直ししてくださったので、私が書いたものはほとんど残っていません」

するとオム・ジョンソクが眉間《みけん》に皺《しわ》を寄せた。

「それを遺憾に思うのは個人主義というものです。社会主義者がそんなことを言っては困りますね。作家同盟の委員長同志《トンジ》の配慮で、党があれこれトンムに気を遣っているのを忘れないように。また紙面を用意するから、月末までに詩を書いて提出しなさい。主題は労力英雄〔国家の功労者に贈られる称号〕の全承福《チョンスンボク》について。彼のことは知っていますね？」

「知りません。誰ですか」

「トンムは読報の時間〔労働新聞を毎朝必ず、学校や職場で音読する時間〕にいったい何をやっているのですか。平安南道文徳《ピョンアンナムドムンドク》郡の農民を知らないとは。詳しい資料は機要室に行けばある。さあ、仕事に戻りなさい」

キヘンは出て行かずに、数日の間、心の中で思っていたことを話した。

「あの、指導委員同志《トンジ》。私は詩より翻訳をもっとやりたいのですが、最近、翻訳の仕事がさっぱりまわってこなくなりました。どうにかなりませんか」

するとオム・ジョンソクが目をつり上げた。

「翻訳をもっとやりたい？　トンムは詩人じゃないですか」

「もう昔のことです。この十数年の間、詩を書いたこともありません。詩人というのは名ばかりで、いまでは記念詩を一篇書くにも編集委員の皆さんの助けを借りなければなりません。だから力に余る詩作よりも、翻訳にもっと力を注いだ方がいいと思うのですが」

「昔のこと、か……。作家大会で、私の抗議がどうの、詩とはああだこうだと騒いでいたのはつい先日のことだったが、私の勘違いですか？　しかもこの数年間書いてきたのは、詩でなければ何ですか」

「あれは児童詩でしたし、それも昨年、児童文学分科で批判されて以来、書けなくなってしまったことを、私より指導委員同志《トンジ》の方がご存じだと思いますが」

「書けないのか、それとも書かないのか」

オム・ジョンソクが訊いた。キヘンは彼の目を覗き込んだ。

「もちろん、書けないのです」

「よろしい。機会を与えるから、書けるように努力しなさい。そのために翻訳の荷を軽くしてやるようにと委員長同志《トンジ》もおっしゃっています。もういいかげんに何でもソ連が最高だという事大主義や官僚主義を克服して、我々のやり方で主体《チュチェ》的な文学を築いていこうではありませんか。首領様もそう願っておられる。今後は翻訳よりも詩の創作に励みなさい。トンムは昨年も、ブルジョア意識を清算できていないと批判を受けたはずです。創作が芳《かんば》しくなければ、その理由を問われる。さもなくば、労働者の生産現場に派遣されて、労働者階級の思想へと自己を再改造する手続きを踏むことにもなる」

キヘンはそのとき、翻訳の仕事がなくなったのも秉道《ビョンド》の指示があったからだと知った。オム・ジョンソクの言う〝派遣〟が何を意味するのか、キヘンはよく知っていた。それは党が要求する詩を書かなければ平壌を追われるという意味だった。地方の新聞社や出版社に行かされるかもしれないし、企業所や工場の宣伝員になるかもしれない。中でも炭坑や協同組合に飛ばされたら、党がその人物をどう処分したのか一目瞭然だ。もう二度と平壌には戻れないだろう。それが嫌なら詩を書かなければならない。詩を書くのは難しいことではなかった。キヘンはいくらでも書けたし、実際書いていた。だが、それは党が望むものでもなければ、即刻、執筆を禁じられる詩だった。いまや思想を問い質される覚悟をしてまでそんな詩を書く人などいなかった。ここではないどこか、いまではない遠い未来のいつかなら、どうだかわからないが。

キヘンはわかりましたと返事をし、出て行こうとした。そのときオム・ジョンソクが言った。

「委員長同志《トンジ》の話では、トンムが書けないはずの詩をソ連の詩人がずいぶん読んだそうだが」

キヘンは足を止めて振り返った。

「何を……おっしゃっているのか」

「私も何のことやらわからないから、トンムに聞いているのです」

「ソ連の詩人と言われましても、私にはわかりません」

そう言ってはぐらかしたものの、キヘンはオム・ジョンソクと秉道が、作家同盟と委員会が、それに偉大なる党と首領が怖くなった。彼らは自分のことをどこまで知っているのだろう。自分の心の内などとっくに見透かされているのではないだろうか。芝居をしているのか、それとも本当に信じて行動しているのか。改造の余地があるのか、それとも永遠に追放すべき人間なのか。ならば自分はどうすればよいのか。キヘンは選択を迫られた。彼はベーラにハングルで書いた詩を送るのをやめた。翻訳するものがないという不安に耐えながら、毎日、ロシア語翻訳室に出勤した。机の前に座って、作家同盟の機要室から借りてきた、千里馬《チョルリマ》騎手*や労力英雄に関する資料を読んだ。資料には次のように書かれていた。


文徳《ムンドク》郡龍五里《ヨンオリ》に住む全承福《チョンスンボク》は、苗を植える代わりに、田んぼに直接種をまく乾田直播《かんでんちょくはん》、湛水直播《たんすい》という栽培法を創案したことで労力英雄の称号を得ました。これは我々共和国において最高に栄誉ある称号であり、親や子どもたちにも譲り渡すことができ、列車に無料で乗車できるのは言うまでもなく、英雄称号者専用の座席まで用意されているのですから、これほどの栄誉があるでしょうか。どこに行っても特別待遇を受け、群衆集会が行われるときは主席団の一員とみなされます。なので農民も労働者も先を争って、労力英雄になるために今日も夜を徹して汗を流しています。

ロシア語翻訳室には、ソ連作家同盟から毎日のように本や郵便物が送られてきた。キヘンは日頃から注意して見ていたが、ベーラからの手紙はなかった。一時期、封筒によく貼られていたスプートニク二号の打ち上げを記念する切手も、六月を過ぎた頃から徐々に姿を消し、その代わりにスプートニク三号の記念切手がその場を占めるようになった。

夏になると、首領は「社会主義建設の大高潮」を宣言し、それに歩調を合わせ、各企業所では五か年計画の課題を一年半、あるいはそれよりも短期間で遂行することを決議する従業員総会や熱誠者会議が相次いで開かれた。また、細かい説明や西洋哲学の用語、理論や複雑なものを嫌い、作家にもつねに労働者や農民たちが理解できるものだけを書けと教示したことからもわかるように、首領は自分が望む生産速度を、一日に千里を駆けるという伝説の中の名馬〝千里馬〟に喩《たと》えた。そうやって速さを競っている最中にも、キヘンは労力英雄の全承福についての詩が書けないでいた。いや、書かないでいた。

創作不振の作家たちのための自白委員会

しかし、もう他の演劇が上演されていますので
今回だけは私を免じてくださいますよう。
――ボリス・パステルナーク「ハムレット」

スターリン通りと、消えていく小説家

秋が深まっていた。牡丹峰《モランボン》劇場の前で乗ったバスがスターリン通りを走っているとき、雨粒が屋根を叩きながら落ち始めた。小さな鼓《つづみ》を肩にかけて金日成《キムイルソン》広場で行進の練習をしていた少年たちが、声をあげながらあっという間に近くの建物の軒下へ散らばった。太い雨粒が車窓を叩き、小さな玉のような水滴が音もなくガラスの上を滑った。バスは広場の前をゆっくりと通り過ぎた。ほんの五年前まで、そこには歪んだ鉄筋と建物の残骸、そして腐った水たまりがあるだけだった。ところが戦争が終わるなり、まずは本町通りと南門通りをつなぐ電車通りが東欧風の街並みに変貌した。広場はその通りの北側につくられた。平壌市民が皆、力を合わせて地を均《なら》し、その甲斐あって解放八周年記念閲兵式もそこで行われた。

八年という時間は短いのだろうか、それとも長いのだろうか。国が解放されたとき、キヘンは三十四歳だった。その歳《とし》にイエス・キリストは十字架にはりつけられ、世を救った。救世主にはなれなくても、新しく生まれ変わった共和国のためなら何でもやれそうな情熱が、キヘンにもあった。人が人を搾取せず、汗水流して働いた代価を誰もが喜んで分かち合える新しい世の中に対して、期待で胸をふくらませていた。だが、その喜びは長続きしなかった。休戦協定が結ばれた一九五三年の夏、彼は廃墟で何もかも新たに学ばなければならなかった。残骸の中で使えそうな煉瓦《れんが》を選び出す方法、傾斜のある鉄道に沿って手押し車を押す方法、水をあまり飲まなくても脱水症にならない方法……。それから、希望や夢がなくても生きていける方法も。十字架の上で絶望を受け入れたイエスは、「エロイ、エロイ、ラマ、サバクタニ」、つまり「神よ、神よ、なぜ私を見捨てるのか」と絶叫したという。キヘンはそんなことを考えながら頭を上げると、かつてメソジスト教会のあった南山《ナムサン》峠が目に入った。希望と夢を捨て、また自分自身も捨てたら、死を思わせるこの深い谷間を通り抜けてあの峠に辿り着けるのだろうか。

数年間でその界隈は変わり果ててしまった。休戦後に雨後の筍《たけのこ》のごとく軒を並べたバラックの店を取り壊し、幅四十メートル余りの道を均してスターリン通りと名づけた。その道の両脇には、戦争の後につくられた板小屋や穴ぐらが並んでいた。どの家もネズミが穴を空けたかまどに虱《しらみ》や蛆虫《うじむし》が湧き、雨が降ると地面がぬかるんだ。そんなところでも人々はひしめき合うように暮らし、そのせいで夏になると伝染病があとを絶たなかった。こんな劣悪な環境を速やかに改善させるために、学生、労働者、事務員らが復興事業に総動員された。誰もが毎日決まった時間に参加しなければならず、日曜日も例外ではなかった。キヘンも仕事の後、作家同盟から割り当てられた区域に行き、石を運び、土を積んだ。作家の中には結核を患《わずら》っている者が多かったので、他の区域より仕事が遅かった。キヘンも以前ほどの体力はなかったが、幸いにも大した病気にはならなかった。

数か月が過ぎた頃、初めは遠くからでもよく見えていた牡丹峰の解放塔が、次第に高くなっていく建物に隠れていき、いつしか完全に見えなくなった。それからまもなくしてスターリン通りに五階建ての共同住宅が建てられた。通りの両脇には寒さに強いトネリコバノカエデが街路樹として植えられ、春になると赤い糸のような花が房状になって咲いた。木陰《こかげ》を歩いていると、まるで欧州の街にいるような気分になった。しかし周りには相変わらず、木を積んだ牛車や、白いチョゴリを着た女性たち、麦わら帽子をかぶった中年の男たちが歩いていた。これはまったく新しい風景だった。新しいというのは、目に見えるものだけを指すのではなかった。

バスが平壌ホテルの前を通り過ぎ、人民軍通りに差しかかった頃も、雨脚は依然として強かった。人民軍通りの中間辺りで下車したキヘンは、雨よけに鞄を頭の上にのせ、平壌医大の裏側にある土の道の方へ走った。その道の先には、掘っ立て小屋のような店が並んでいた。戦争中は工場も市場も劇場も学校もすべて、地下に潜《もぐ》っていた。空襲を避けるためには他に方法がなかった。やがて休戦になると、一つ、また一つと土窟《どくつ》の外へ出てきたのだが、目端《めはし》が利く人は壊れた家から使えそうな木や資材を持ち出し、新しく敷かれた道の脇に店を建て始めた。自然に市場もできた。平壌近郊の農夫たちは山菜や果物や穀物を持ってきて市場で売り、その傍らには豆腐の箱や豆もやしの鉢が置かれ、パンを売る台も設けられた。大勢の人で賑わうようになると、足もとを毛の抜けた犬が通り過ぎることもあった。やがて魚屋も雑貨屋もできた。雑貨屋には中国製やソ連製の品物もあったが、ほとんどは家にある金目のものや、死んだ人の遺品が並んでいた。時折、ロシア語や日本語の本もあったので、キヘンは暇さえあれば出かけていった。そんなとき立ち寄るのが大同江麺屋《テドンガンククス》だった。

キヘンが店の中に入り、鞄と体についた水滴を払っていると、部屋の中から顔を覗かせていた主《あるじ》の婆さんが戸を開けて出てきた。いつもなら麺を茹でる匂いに生唾《なまつば》が出るのだが、どんよりした空気がかび臭かった。キヘンは連れがいると言い、入り口で雨の降る通りを眺めた。作業服を着た学生たちが、冷たい秋の雨をものともせず列になって歩いていた。彼らの歌声がかすかに聞こえてきた。「白頭《ペクトゥ》*の精気は満ちあふれ、我々の手で新しい社会を切り拓く。いざ行かん。革新の炎が燃え上がる。英明な首領が導く道に、美しい青春の希望は花を咲かせる。暴風も雷も激しい荒波も、誰も我々の前途を妨げはしない。妨げはしない。東海《トンへ》の波高々と、我々の力で楽園をつくろう。我々は先駆者、世紀を先取りし……」。首領の呼びかけのもとで彼らが夢見ている新しい社会と楽園がいかなるものなのか、キヘンにはよくわからなかった。ただ、彼らの前途を妨げる者が徐々に減っていることだけは確かだった。まずは日本の統治下において南朝鮮《ナムチョソン》で闘争した共産主義者たちが、その次に中国内で武装闘争した軍人らが姿を消し、いまやソ連軍とともに入ってきたソ連国籍者らが、一人、二人と政治の舞台から降りていた。

「いらっしゃい。今週いっぱいでこの店も畳《たた》もうと思っていたところですよ」

いつの間にかそばに来ていた主《あるじ》の婆さんがキヘンに言った。前妻の鏡《ギョン》とかつてよく通った店だった。そのうち鏡とも別れ、一緒に暮らしていた家もなくなった。国が解放され、人民共和国が建国されたかと思うと戦争が勃発するなど、世の中が何度も変わるなかでその味を保ってきた店だった。目まぐるしく変わる世の中で一つぐらい変わらぬものがあってもいいのではないかと思っていただけに、キヘンはとても寂しくなった。

「本当によく持ち堪《こた》えてこられたと思います」

キヘンが言った。というのも休戦後、党は商工業者の資本蓄積を防ぐために、民間の事業を抑制する政策を積極的に打ち出したからだった。そのうちの一つが、穀物、酒、煙草などの民間取引を禁じ、国家が独占する法律だ。その結果、戦争で配給体系が崩れて誰もが自力で食っていかねばならなかった頃、雨後の筍のごとく生まれた数多くの食堂と飲み屋と露店と商店が、一斉に店を畳み始めたのだ。

「たしかにそうですね。人民義勇軍〔朝鮮戦争に参戦した中国の部隊〕のおかげで、これまで肉や穀物を手に入れてきましたけれど、中国の軍隊が引き揚げてしまったら、もう店はやっていけませんから」

「この先、どうするおつもりですか」

「食堂組合に入るように言われているんですが、この歳で入ってもねえ。残っているものを売ったら、店を畳もうかと思っているところです。そうそう、この近くで伝染病患者が出たそうですよ。噂によると、これを機に市場を取り払ってしまうとか。まあ、この歳まで駅前で店をやってこられたんだから、もう思い残すことはありません」

「この店の味が忘れられない人も多いというのに、残念です」

「ありがたいことです。よく来てくれたお客さんのことは覚えてますよ。戦争中に亡くなった人もいれば、突然姿を消した人もいる……。ところで、尚虚《サンホ》先生はどうしていますか」

急に思い出したように婆さんが言った。

「その話ならわたしも聞きました。咸興《ハムン》の新聞社で、校正員をやっているそうですが」

「咸興に使いに行ったら二度と帰ってこないという諺《ことわざ》もありますからね。あの方がまたどうして。こうなるのが世の常なのやら」

〝こうなる〟としか言いようがない事情について、キヘンはよく知っていた。解放後に家族を連れて平壌にやってきた小説家の尚虚は、この店に通いつめていた。戦争前は、家族と一緒に食事をしているところをよく見かけたものだ。ところがいつの頃からか、彼は平壌の人たちにとって存在しない人となってしまった。

キヘンが尚虚を最後に見たのは、二年前の年が明けた頃だった。急にぼたん雪が降り始め、瞬《またた》く間に辺り一面が真っ白になった日、雪をかぶった尚虚がよろめきながら凍《い》てついた道を歩いてきた。まるで水に溺れてもがいているかのように両手をばたつかせていた。そのうちキヘンに気づき、にこやかな顔で「君、金を持ってるかい?」と言った。キヘンが返事に困っていると、彼は京劇の変面役者のごとくさっと顔色を変えて、「大同江麵屋の胡瓜《きゅうり》の漬け物が格別にうまいんだが、こんな日はそれを肴《さかな》に焼酎でも飲みたいなあ」と言った。その時分、彼は執筆を禁じられ、自宅に事実上軟禁されていたため、その言動がキヘンにはことさら大胆なものに思えた。昼酒でもしたのだろうかと思ったが、そうではなかった。尚虚がまた、「急いでいなければ、僕の話を聞いてくれないか」と言った。キヘンは返事に困った。当時は彼と会っているだけで思想を怪しまれたからだ。たった一度の接触でウイルスに感染したかのように。そうしている間にも、雪は彼の頭の上に、肩の上に、靴の上に、降り積もった。彼はその通りから瞬く間に消されてしまうかのように見えた。

〝ジバゴ博士〟が燃え上がらせた炎

　空が晴れてきて雨もやんだ頃、ようやくオクシムが麺屋《ククス》の戸を開けて入ってきた。翻訳室で最後に会ってからひと月ほど経っていた。パーマはすっかり取れ、長袖のシャツにもんぺを穿《は》いていた。話がある、とキヘンは何度か便りを送ったのだが、オクシムからは何の返事もなかった。ところが、今朝いきなりオクシムが翻訳室を訪ねてきたのだ。翻訳室では人目もあるので、仕事が終わってから大同江《テドンガン》麺屋で会うことにしたのだが、雨のせいかオクシムは遅れてやってきた。けれども雨は避けられなかったらしく、髪の毛と顔から水滴がぽとぽと落ちていた。主《あるじ》の婆さんが気の毒そうに、とにかくこのタオルで拭《ふ》きなさいと言って、彼女を奥の部屋に連れて入った。婆さんがオクシムを慰めている声が聞こえてきた。

　しばらくして部屋から出てきたオクシムは、キヘンの向かいに座った。ずいぶんすっきりした顔をしていた。

「午前中は仕事があったのであとで会おうと言ったのですが、雨が降るとは思いませんでした。そんなに濡れてしまって、風邪を引かなければいいのですが」

「平気です。風邪なんて」

オクシムは窓の外に目を向けた。黄ばんだ陽差しが分厚い雲の隙間から洩《も》れているなかを、赤ん坊を背中にくくりつけて荷物を頭にのせた女性と、中折れ帽をかぶった中年男性と、制服姿の学生たちが、水たまりを避けながら歩いていった。

「世の中はちっとも変わりませんね。いつもと同じ。無頓着になるってこういうことなのね」

キヘンも窓の外を眺めた。彼は無頓着という意味がわからなかった。

「先生はどんな方ですか。私が翻訳室にいたのはほんの数か月ですし、先生はずいぶん寡黙でいらしたからよくわからないけど、詩を書いていたのなら、きっといい人なんでしょうね」

「トンムと呼んでもらって結構です」

「翻訳室のような人目のあるところではそう呼びましたけど、いまはもう自由の身ですから。この自由を心ゆくまで楽しみたいんです」

思いもよらぬ発言だった。

「自由を心ゆくまで楽しめるとは、羨《うらや》ましいかぎりです」

キヘンは少しひねくれた気持ちになった。聞こえてくる噂によると、中央党学校〔朝鮮労働党の高級幹部を養成する最高教育機関〕の校長だった父親は粛清され、娘の彼女も翻訳室を追い出されたというので、自嘲めかして言ったことだとわかってはいたものの、自分がいざ籠《かご》の中の鳥のような境遇になってみると、彼女の言葉にかちんときたのだった。だから、いい人だなんてとんでもなかった。

「私は決していい人なんかじゃありませんよ。周りに迷惑ばかりかけて、滅茶苦茶な人生を送ってきましたから。この先、その代償をしっかりと支払わされることになるでしょう」

「代償を支払わされる？」

「党中央から派遣された指導団体《グルーパ》が、私のために自白委員会を開くそうです。これまで私が犯した愚かな過ちや、莫迦莫迦《ばかばか》しい失敗がすべて満天下に知れわたるでしょうね」

　するとオクシムが言った。

「いいですね。ならよかった」

「よかった？　どういうことですか」

　キヘンが言った。

　そのとき、主の婆さんが温麵を二つ運んできた。

「食べてからお話ししますね。おいしそう」

　オクシムは箸を取りながら言った。ふたりは夢中で箸を動かした。やがてキヘンの方が先に平らげ、箸を置いた。そして、落ちてくる髪を左手で押さえ、白い麵に息を吹きかけながら食べているオクシムをぼんやりと見つめた。キヘンと同じように、オクシムもまた汁を飲み干した。食べ終わったあとはいちだんと穏やかな表情になっていた。それはキヘンも同じだった。

「外食をするのは久しぶり。モスクワから帰ってきたばかりの頃は、ひとりでもよくケジャン〔生のワタリガニの醤油漬け〕の店に行ってたけど……。ケジャンはもともと父さんの好物なのに、どうしてひとりで食べたんだろうって、ずっと後悔していたんです。いまだってそう。雨の日、一杯の麵《ククス》。こんなささやかなものに人生の幸せがあるのに、みんないったいどこで何を探しているのかしら」

「もう一杯、どうですか。この店ももう畳むそうですよ」

オクシムはため息をついた。

「私の好きなものがまた一つ、なくなるんですね。こんなささやかな幸せすら手に入れられないなんて。先生はいい人じゃないなら、お話ししてもいいですよね？」

「そんなふうに言われたら、もういい人にはなれませんね」

「怖いんですか。自白委員会が」

「言ったでしょう。私はいい人なんかじゃないと。正直言って怖いです。また何を言われるか」

「そんな怖がり屋さんが、なぜ私に会おうとしたんですか？」

オクシムが訊いた。

「オクシムトンムが翻訳室を辞める前、訳してほしいと私のところに持ってきた詩がありましたね？　その詩が入っていた封筒は誰に渡されたのですか」

「それが知りたくて？　何度も便りが来るので怖かったんです。どんな事情なのかもわからないし」

「オクシムトンムはどんな人ですか。いい人ですか？　こんな話をしてもよいのやら」

キヘンが言った。オクシムはキヘンの目をしばらく見つめていた。

「こんな世の中でいい人として生きること自体、悪いことでしょ？　私はこれからひとりで生きていこうと思って家を出たんです。母さんの言うとおり、それが一番いいと思ったから」

そう言うと彼女は鞄から何かを取り出し、キヘンの前に置いた。

「何ですか」

「ご覧のとおりです」

もちろんそれが何なのか、キヘンが知らないはずがなかった。TT《テテ》と呼ばれるソ連製の拳銃〔トカレフ〕だった。

「なぜこんなものを持ち歩いているのですか。早く鞄にしまいなさい」

キヘンが拳銃をオクシムの方に押し返した。オクシムはそれを鞄にしまった。

「これで私がいい人じゃないことがわかったでしょ? さあ、おっしゃってください。私に会おうと思ったわけを」

キヘンはオクシムを見た。誰も信じられなかった。オクシムのことも。

「私はただ、ベーラという詩人が送ってきたその封筒を誰から受け取ったのか、受取人の名前が消されているのに、それがなぜ私宛てのものだとわかったのか、封筒の中にベーラの手紙は入っていなかったのか、そんなことが気になったからです」

「どうしてそんなことが?」

「私は自白委員会から呼び出されているんですよ。少なくとも何を自白しなければならないのか、知っておくべきでしょう」

「自白委員会はそんなところじゃないと思いますけど。知っていることを自白させるところではない、という意味です。知らないことを自白させるところでしょ」

オクシムはやはり冷ややかだった。

「いいわ。お話しします。あの封筒は、高潔で偉大なる作家同盟の委員長同志《トンジ》から受け取ったものです」

乗道《ビヨンド》のことだった。

「ずいぶん当てこするような言い方をしますね」

「お知り合いですか」

「そうです。最後に会ってからずいぶん経ちますが……」

「なら気をつけてくださいな。よくは知らないけど、軽蔑に値する人間だってことぐらい私にもわかりますから」

度重なる棘《とげ》のある言い方にキヘンはうろたえた。

「訊かれたから答えたまでです」

キヘンの表情がこわばったのを見て、オクシムが言った。

「わかりました。誰から受け取ったのかがわかればそれでいいんです。今日はこれで別れましょう」

キヘンが立ち上がった。そのとき、つられて立ち上がったオクシムがキヘンの腕をつかんだ。

「先生はいい人じゃないんでしょう?　いい人でもないのに、良心の欠片《かけら》もない人のことを悪く言ったからって、あっさり帰っちゃうんですか。私も、私の家族も、これまで一度だって邪《よこしま》な考えを持ったことなんてないのに」

そう言うオクシムの目から涙があふれそうになった。キヘンはため息をついた。その頃、そうやって突然涙をこぼす人をよく見かけた。裏道ばかり歩く男たちや、子どもの手を引いて世帯主の名前を呼びながら泣く女たち。そんな人たちはできるだけ避けた方がいいという処世術が自然と身に染みついていたので、だめだとわかっていたにもかかわらず、キヘンは思わずまた腰を下ろしてしまった。

「それが私宛てのものだということを、委員長から聞いたのですか」

キヘンが尋ねた。オクシムは両手で涙を拭《ぬぐ》って答えた。

「彼は封筒を私に差し出す前に、インクで受取人の名前を消したんですけど、私の目には先生の名前みたいに見えました。違うかもしれないけど」

「ならば間違いないでしょう。『トロピンカ』という詩は私に送ってきたものですから」

「それじゃあ、〝朝鮮の詩人〟とは先生のことですか」

「ええ」キヘンは頷《うなず》いた。

ベーラが送ってきたその詩には「朝鮮のある詩人へ」という副題がついていた。詩はこう始まる。

ロシア語、私のことばに心を寄せるあなた
遠き国、朝鮮から伝えてくれた――

ロシア語、私のことば、〝トロピンカ〟をかぎりなく気に入ってくれたよう。

「それなら手紙があるはずだが……。手紙を添えずに詩だけ送ってくるはずはないし、委員長同志《トン》《ジ》が私に渡さずに持っていたというのもおかしい。それに、『ハムレット』が同封されていたというのはよくわからないな。もし、ベーラが二篇の詩だけを送ってきたのなら、私宛てのものではないでしょう」

「『ハムレット』は私が入れました。一行目からつまずいちゃって、先生ならどう訳すんだろうって気になったんです。『ハムレット』も訳されたんですよね？〈Гул затих〉をどう訳されましたか」

ようやくオクシムの表情が明るくなった。キヘンはその詩を空《そら》で覚えていた。

「〝語らひはしづまりて〟です」

「正直言って、さっぱりわかりません。私にはまだ朝鮮語が難しくて。私はなんて訳したっけ」

そう言って彼女は鞄からノートを取り出し、ページをめくった。

「あ、ここ。私は〝騒ぎはおさまった〟と訳しています。やっぱり詩は難しいわ」

「これは誰の詩ですか。ベーラの詩ではなさそうだが」

「ボリス・パステルナークの詩です。彼の小説『ドクトル・ジバゴ』に出てきます。自ら最高傑作だって公言しているんですけど、『ノーヴィ・ミール』〔ロシア作家同盟の機関誌で「新世界」の意味〕に送ったら、反ソビエト的だという理由で編集長のシーモノフが掲載を拒んだんですって」

その事件のことはキヘンもよく知っていた。キヘンはコンスタンチン・シーモノフの『昼となく夜となく』を翻訳したので、スターリン賞を六回も受賞したこの小説家の政治的な志向性を把握していた。シーモノフは、パステルナークが『ドクトル・ジバゴ』の中で知識階層は十月革命に対し正しい判断を下したのかと問いかけておいて、その答えがとかく否定的になるように小説を構想していると批判した。

「だから『ドクトル・ジバゴ』は出版禁止になったはずだが。なのに、その中に出てくる詩をどうやって」

「もちろん『ドクトル・ジバゴ』は読めません。でも、小説の中のジバゴ博士が死んだあと、彼の書いた詩として小説の末尾に載せられたものは読めるんです。パステルナークの他の詩と一緒にタイプライターで打ち、印刷してまとめた詩集が秘密裏に出まわっていますから。小説は無理だけど、詩はひと晩で書き写せますし。解氷後のモスクワでは、発禁になっていた詩がそうやって読まれているんですよ。パステルナークが西欧に亡命しなかったのも詩のためです。ロシア人ほど詩と詩人を愛する民族はいないでしょうね。モスクワの大学街で開かれる若い詩人たちの朗読会には、足の踏み場もないほど大勢の人が集まるんですよ。彼らは新しい英雄ですから。もし気になるんでしたら、他の詩もお見せしましょうか」

オクシムが言った。

「まあ、それほど気にはならないな」

「モスクワにいたとき、このノートに全部書き写したんです」

オクシムがノートを差し出した。キヘンはそのノートを受け取り、一枚ずつめくりながらゆっくりと目を通した。すべての詩に欲を出すのは無理だが、そのうちの一つか二つを暗記してしまおうと思った。ふと、「冬の夜」という詩が目に留まった。ロシア語で書かれたその詩を読みながら、彼は想像した。激しい吹雪に覆われた世界を想像し、ひとりでいる部屋の窓辺にある机の上で燃え盛る一本のロウソクを思い浮かべた。その次に、冬のロウソクが見る夏の夢と、虫がブンブン音を立てて飛びまわる夢を、それから窓をうるさく叩いてその夢を覚まそうとする風雪を思った。そうやって彼は、詩を一行一行覚えていった。

そしてノートを一枚めくると、余白に手書きのハングルがあった。


時代という吹雪の前では、詩など、か弱いロウソクにすぎない。吹雪は散文であり、散文は教示するものだ。党と首領の言葉は、吹雪のごとく吹き荒ぶ散文である。峻厳で恐ろしく、緻密である。だが、詩は語らない。詩の役目は、吹雪の中でもその炎を燃やすところまでだ。ほんのいっとき燃え上がった炎によって、詩の言葉は遠い未来の読者に燃え移る。


「これはオクシムトンムが書いたものですか」

彼女は頭《かぶり》を振った。

「なら、誰が？」

キヘンがもう一度尋ねた。オクシムは答える代わりに、また涙を流した。その涙を見ていると、キヘンは気が重くなった。立ち上がったとき、その足で立ち去るべきだったと思った。いや、いまだって遅くはない。彼女が泣きやみ、何かを語りだす前に立ち上がらなければならない。頭ではわかっていても、心がそうさせなかった。結局は自白委員会の壇上で何時間も批判され続けるであろう、まさにその心が。ひょっとしたらそれは二年前、尚虚《サンホ》に見せるべきだった心かもしれない。

二年前、尚虚《サンホ》に声をかけられて、焼酎一杯ぐらいならと思ったものの、キヘンは麵屋《ククス》には入らなかった。その代わり、時間がないので立ち話ならと言った。卑怯だが仕方なかった。休戦直後、南からやってきて北の政権に関わった共産主義者たちがアメリカ帝国主義のスパイだと疑われ逮捕されたとき、朝鮮文学芸術総同盟副委員長という肩書で活躍していた尚虚も、彼らと関わりがあると疑いをかけられ、地位を追われて家にこもっていた。配給もずいぶん減らされ、妻と娘たちが家財道具や貴金属などを市場に持って行って売っているらしいという噂が流れたが、誰ひとり気にかける者はいなかった。権勢を失った人を冷視《れいし》したというよりは、余計な濡れ衣を着せられるのを恐れたからだった。当時は南の出身者と言葉を交わすだけで、内通していると怪しまれた。

尚虚は焼酎でもと誘ってきたが、キヘンの記憶している彼は酒を嗜《たしな》む方ではなかった。解放直後の早変わりに、つまり、文学の純粋性の固守から共産主義礼賛へと立場を変えたとき、周りは皆、驚いたが、従順でまじめな人柄だという彼の評価は変わらなかった。反面、キヘンは少し変わった。四十を過ぎた頃から何もかも虚しくなり、酒の量も増えた。思えば自分の人生はおおむね失敗だった。望んだ生き方もあったけれど、何ひとつ叶わなかった。詩人として記憶されることもなければ、愛する女性を妻に迎えることもできず、田舎の学校で教師になることもできなかった。周りで一番成功したのは秉道《ビョンド》だろう。彼は解放直後、ソ連軍とともに平壌に現れた若い首領の帰還を、伝説上の将軍の凱旋になぞらえていち早く小説にしたため、その後はとんとん拍子だった。そんな秉道に比べたら、キヘンも尚虚も敗者だった。敗者同士が話をすればなおのこと疑いをかけられるだけなので、キヘンが立ち話でもと言ったのは単なる社交辞令だった。

ところが、尚虚は本当にその場で立ち話を始めた。キヘンが周りの目を気にしながら聞いた話は、二十余年前、彼が金剛山《クムガンサン》に遊びに行ったとき、元山《ウォンサン》の南にある二つの漁村――松田《ソンジョン》と庫底《コジョ》――のどちらで宿をとるべきか悩んだというものだった。

「ある人に庫底の宿の方が便利だと言われて行ってみたら、日本風の旅館で、郵便所もあって、たしかに便利なんだが、僕はその便利さがどうも好きになれなかった。それでも我慢して、なんとか新聞の連載小説の一話分だけでも書こうと思って机の前に座ったら、隣の部屋に泊まっていた普通学校の国語の教師が、蓄音機で〈歌は聞くもの、踊りは見るもの〉を聴き始めたんだよ。おかげで小説を書くのはあきらめて流行歌を聞くはめになったんだが、そんな人里離れた旅館に逗留しながら、流行歌なんか聴いて一日の疲れを癒しているその日本人の教師が気の毒に思えてきてね。まあそれはともかく、ここでは小説が書けないと思って、僕は松田の東海《トンヘ》旅館に居場所を移した。そこで家族を呼び寄せたんだ」

松田は、通川《トンチョン》港がある庫底よりもずっと静かな漁村だった。旅人宿ほどの小さな宿だが、地元の人は旅館と呼んでいるところが二か所あった。尚虚にはむしろその素朴さとうら寂しさがよかった。なによりも海風に吹かれて育った、幹が太くて枝の少ない海松《うみまつ》が気に入った。松田に着いた日の夜、客窓から明るい月の光が差し込んできた。旅館の主《あるじ》からその日はちょうど満月だと聞き、尚虚は月を見に海へ出かけた。旅館から海まで両側に松の木が立ち並ぶまっすぐな道が伸びていたのだが、夜も更けて人影がなく、月の光だけが満ちていた。彼は水の中を歩くように、月明かりの中を歩いた。そして歩きながら考えた。月の光はなぜこうも明るいのだろうと。誰も見てくれやしないのに、なぜこうも美しいのだろうと。

「そのとき僕は、誰も住んでいない世界を想像したね。まずは砂漠や海、北極や南極みたいに実際に人間が住んでいないところを、その次に松田のような辺鄙《へんぴ》な町を、それからソウルや平壌のような都市に人ひとりいない光景を思い浮かべた。そしたら急に怖くなってね。そこでも満月になったら、世界は月の光であふれるんだよな？　そこに人がいようがいまいが、月は満ちたり欠けたりして自然の法則を繰り返す。自然がそんな薄情なものだとも知らずに、人間たちは心を寄せる。まるで太陽と月が自分の人生を救ってくれるかのように、おお、我が太陽よ、永遠なる月よ、とか言って褒めたたえる。でも太陽と月は、誰の人生も救ってくれやしない。僕たちもそんな自然を見倣《みなら》って、歌は聞こえるままに聞けばいいし、踊りは見えるままに見ればいいんだよ。

いいとか悪いとか、好きになったり嫌いになったりする必要はなかったんだ」

　太陽と月の話をしているとき、尚虚の顔からほんの少し表情が消えた。キヘンはその無表情が嬉しかった。よく知らないときは気難しい人だと思っていたが、尚虚の様子が心なしかおかしくなってからは、それがどれだけ人間的なのかを思い知った。無表情でいられること、詩を書かないでいられること、何も話さないでいられること。人に与えられた最も高次元的な能力は、何もしないでいられる力だった。尚虚の言うように、聞こえるがままに聞き、見えるがままに見て、そこに何かをつけ加えないでいられるとき、人は完全な自由を手にする。一九五八年、平壌の人々にまったく自由がなかったというのは、こういう脈絡からだった。彼らは言われたとおりに聞いたり見たりしなければならなかった。また、言われたとおりに話さなければならなかった。

　尚虚は解放前まではプロレタリア文学とはかけ離れた、いわばその反対側で小説を書いていた。しかし、戦時中に従軍作家として洛東江《ナクトンガン》の前線に行ってからは、彼もまた頭がおかしくなっていた。その時期に彼が書いた小説は、どれも米軍に対する敵愾心に満ちていた。まさにその頃――彼の人生において最も激しくストレートな文章を書いている頃――、解放後に現れた若い新人作家らが、尚虚のことを反動的な思想に染まった作家、いわゆる〝純粋文学〟に郷愁を覚え、反人民的で有害な作家だと追いつめたのは皮肉なことだった。休戦後も数年間続いた、思想検討の残忍さはまさにそこにあった。それは毎朝、午前の日課が始まる前に、あるいは午後の仕事が終わってから夜まで、人を壇上に立たせて、本人が最も信じて疑わないまさにその点を否認するまで自白を強いるものだった。例えば、絨毯《じゅうたん》爆撃の惨状に衝撃を受けて米軍を呪詛《じゅそ》した作家に、アメリカ帝国主義のスパイだったと自白させること。見ている側がそれはおかしいと思っても、問題にはならなかった。当事者が自白さえすれば、すべてが解決するのだから。

思想検討がそういうものだとも知らず、休戦後、秉道が主導する文芸劇場で初めて作家同盟自白委員会が招集されたときはまだ、キヘンの目には尚虚が臆しているようには見えなかった。初めて自己批判の壇上に上がる者がたいていそうであるように、何もかも正直に告白すれば、委員会は自分の無実の罪を晴らしてくれると思っていたのだろう。だから尚虚は堂々と、自分が人間の諸問題をすべて解決したソビエト社会をどれだけ支持したか、新たに誕生した人民共和国をどれだけ愛しているかを告白した。しかし自白委員会は、その名前からもわかるように、告白ではなく自白を望んだ。ただし、自白と告白の違いについては何も説明しなかった。自白せよと言われ、尚虚は呆然と立ち尽くした。その日、キヘンは家に帰って『標準朝鮮語辞典』を開いた。

告白　《名詞》隠し事や心の中で思っていることを率直に話すこと。

自白　《名詞》（該当する機関や組織、または誰かの前で）自分が犯した罪について告白すること、またはそのような告白。

その解説によると、自白とはただ罪科《ざいか》を告白することだった。しかも該当する機関や組織や他人の前で。だが翌日、再び壇上に上がった尚虚は、前日と同じように訥々《とつとつ》と愛情と忠誠を告白した。彼は偉大なる党と作家同盟の文学政策を自分がどれほど支持しているのか、必死で説得しようとした。ところが、すでに首領によって反動ブルジョア作家の烙印を押された小説家に、自白委員会は強硬に自白だけを求めた。いかなる告白によっても彼らの気持ちが変わらないことを知った尚虚は、次第に動揺し始めた。彼にはもう打ち明ける話がなかった。だが自白委員会の壇上で沈黙するのは、間接的に有罪を意味した。秘密のない者は貧しい、*と言ったのは誰だったか。あの頃は皆、その男を憐れんだが、いま思うと、解放前に夭折《ようせつ》した彼が一番幸せ者だった。尚虚は一度ぐらいそんなことを思ったかもしれない。

尚虚は最後に、松田《ソンジョン》の海産物がどれだけ安かったかについて語った。カレイ、貽貝《いがい》、サンマ、ナマコ、アワビなど。一ウォンもあれば、それらをまとめて何連も買えると言った。だがそのうち妻が食べ飽きたので、彼は仕方なく近所の老婆に雌鶏を一羽絞めてほしいと頼んだ。ところが包丁を持って人参《インサム》畑に行ったきり、老婆はいつまで経っても戻ってこない。鶏を逃したのだろうかと思い、探しに行くと、老婆は片手に鶏を提げ、もう片手には包丁を握ったまま泣いていたという。「何をしているんですか。鶏も絞めずに」と尚虚が訊いたら、老婆は「この手で育てた鶏を殺すことなんてできません」と言ったそうだ。尚虚は、いま思うと涙が出ると言った。金は受け取ったものの、育てた鶏を殺すことができない境遇。そんなことをするのは忍びないと、どうすることもできない境遇。

「それが平凡な人たちの犯す罪と罰なんだよ。最善の選択だと信じていても、時間が過ぎて苦しんだあとに、最悪の選択だったたってことに気づく。罪が罰を呼び寄せるんじゃなくて、罰が罪をつくるんだ」

それが一日の半分ほどを潰して、白い雪に降られながらキヘンが尚虚から聞いた話のすべてだ。にもかかわらず、キヘンが聞いた話が松田の海のことだけだったのかというと、そうではなかった。

まだ冷めていないパンとロバとカザフスタンの女たち

「じつは、父さんがもう何日も帰ってこないんです。どこにいるのか誰も教えてくれない。内務署の職員がうちに検閲に来るっていうから、母さんがまとめてくれた鞄を持って私だけ慌てて出てきたんですけど。中を見たら、拳銃と両親の写真と結婚証明書が入ってて。これを持って、行くところもないから、午前は翻訳室に行ったんです」

泣きやんだオクシムは、質問には答えずに父親の話を持ち出した。

「ひょっとして、お父さんはソ連国籍ですか」

キヘンが尋ねた。

「もともとはそうでした。でも、中央党学校の校長を続けたいなら国籍を変えるようにと言われて、去年、ソ連の国籍を放棄しました。でも母さんと弟たちは、いまもソ連国籍のままです」

「オクシムトンムは？」

「私も父さんに倣って朝鮮国籍に。そのとき、名前もラリサからオクシムに変えました」

「最近はむしろ、ソ連国籍を再取得してここを出て行こうとする人も多いのに、オクシムトンムはどうしてまた？」

「父さんが中央党学校の校長を解任されてから、家族がソ連国籍だということと、娘の私がソ連に留学していることについて、集中的に思想検討を受けているって話をモスクワの大使館を通して聞いたんです。母さんは、絶対に平壌に戻ってきちゃだめよ、って書いたメモを小説に忍ばせて送ってきたけれど、私は居ても立ってても居られなくて。父さんは私のすべてだったから。なんとかして父さんを助けなきゃ、と思いました。だから私は、帰国を慫慂《しょうよう》する大使館の言うとおり平壌に帰ってきたんです。でも、状況はなんにも変わりませんでした」

　彼女は唇を嚙みしめた。

「父さんの世話になった人たちって、私たちを助けるどころか、端《はな》から相手にもしてくれないんです。作家同盟の委員長なんか、解放直後、若い首領に会えるように取り持ってほしいってあれだけ父さんに頼んでおいて、タシュケント〔当時はソ連邦に属したウズベキスタンの首都〕に行く準備で忙しいからって断るんですよ。でも、私と母さんはあきらめませんでした。党舎を訪ねていったり、解放山《ヘバンサン》にある幹部の私宅を一軒一軒まわったり。そうして七月にようやく父さんの思想検討が終わって、咸鏡北《ハムギョンブク》道《ト》にある清津《チョンジン》鉱山金属大学に副学長として就任させるという話をもらいました。本当に嬉しかった。父さんが帰ってきたら家族みんなで清津に行くつもりで、引っ越しの準備をしました。だから分科委員長同志《トンジ》には、翻訳室を辞めますって話したんです」

「それでベーラの詩を私に？　お父さんと一緒に清津に行くつもりで」

「ええ。ところが父さんはひと月後、すっかり別人になって戻ってきたんです。悲しげな顔で、とげとげしい物言いをする人になって。でも、平壌を離れればすべてうまくいくと思っていました。だから列車の切符を買って、荷物もまとめたのに。なのに数日前の夜、ふたりの将校がうちに来て、また父さんを連れて行ったんです。父さんの話だと、どうしてソ連国籍なのか自白を強いられたんですって。父さんはスターリンに日本のスパイだって濡れ衣を着せられて、処刑場にまで行ってきた人なんですよ。一九四六年、家族の待つアルマトゥイ〔カザフスタン最大の都市〕にある師範大学に戻ることに決めた父さんに、首領の名前のついた総合大学の語文学科長を務めてほしいと要請してきたのは、ほかでもない北朝鮮の政府だったのに。なのにこんなことって！　怒りがおさまらないんです。父さんにこんなひどい仕打ちをするなんて。絶対にありえない」

そう言って、オクシムはまたぽろぽろ涙をこぼした。その頃、平壌駅にはソ連に戻ろうとするソ連国籍者が大勢いた。国際列車の前で記念写真を撮る家族もいたが、世帯主のいない母親と子どもだけの場合も多かった。途中で何かあってはいけないので、ソ連大使館の職員が新義州《シニジュ》まで同行することもあった。彼らが去って行くのを見届けたのは、誰が見送っているのかを監視しに来ていた内務署の職員だけだった。そんな状況でオクシムにどんな言葉をかけてやれるだろう。キヘンはいい人ではなかったし、無気力で卑怯でしがない、どうすれば自白委員会の批判を免れて平壌に留まれるだろうかと頭を捻《ひね》っている、老いた男にすぎなかった。

「……信じましょう。なにもかもうまくいくと」

するとオクシムが濡れた目で言った。

「父さんと同じことをおっしゃるんですね」

そしてオクシムはある記憶について語った。最初の記憶。ウーンウーンと唸《うな》るような音の記憶。その記憶の中で、彼女は八十人ほどの人々と換気口の鉄窓が二つしかない貨車に乗せられ、目的地も知らされないままひと月余り、列車に揺られた。食糧はじきに底を尽き、暖もとれなかった。朝、目を覚ましたときに泣き声が聞こえたら、夜のうちに誰かが死んだということだった。が、日ごとにそれも聞こえなくなった。その代わり、線路を走る列車の音があらゆるものを圧倒した。停車しているときも、車輪が軋《きし》む幻聴が聞こえた。埋葬するだけの場所もなかったので死体を載せたまま走り、途中、バルハシ湖に放り投げた。

スターリンによって強制的に沿海州から追われた人々は、そうやって六千キロメートルを走った末に、中央アジアのある駅に到着した。彼らを降ろした列車が砂埃《すなぼこり》を立てながら去って行ったあと、オクシムがまず耳にしたのは、電信柱がウーンウーンと唸る音だった。電信柱に沿って線路が伸びていた。線路はまるで世界の果てから果てまでをつなげたように、どこまでも広がる大草原の上に敷かれていた。彼らはその孤独な道から遠ざかると二度と故郷に戻れないと思ったのか、職員用の簡易住宅が五、六棟と倉庫などがある駅の構内から追い出されても、線路の周りを離れようとしなかった。いや、あるのは駅舎だけなのだから、他にどうすることもできなかった。

一九三七年十月、オクシムが五歳のときだった。

「私の記憶では電信柱が唸っていたけれど、父さんの話は違っていました。列車は去ってしまい、辺りは静寂に包まれていたそうです。そのとき、誰かが言ったんですって。私たちは捨てられたんだって。それからまた言ったんですって。殺すために、私たちを殺すために、こんなところに連れてきたんだって。そしたら子どもたちが泣きだして、つられてお母さんたちも泣いた。おばあさんたちも、お父さんたちも、おじいさんたちもみんな泣いた。地平線の方から牛の鈴のような音が聞こえてきたのは、ちょうどそのときでした」

「鈴音？」

「ええ、ロバに乗った人たちがやってきたんです」

その小さな駅の周りは緩やかに隆起した丘陵が続いているだけで、見渡すかぎりの大草原だったという。ありのままの草原は人間を脅したり宥《なだ》めたりすることはないが、そこで一年暮らした人たちは、草原の生活が過酷だとも言うし、豊かだとも言った。そこで生きていくためには、草原をありのままに受け入れなければならなかった。ありのまま。それは過酷さと豊かさが同じ状態であると理解することだった。その日、沿海州から中央アジアまで追われてきた韓人《ハニン》の前に現れたのが、まさにそういう人たち――カザフの女たちだった。彼女たちは、東方から貨車に乗せられてきた正体不明の民族が荒野に捨てられたという噂を聞き、パンを焼き始めた。そしてそのパンが冷めないよう毛布に包んでロバに積み、一度も会ったことのない人々のところに運んだ。韓人たちが泣きながらそのパンを食べている間、カザフの女たちも一緒に泣いた。パンと涙。新たな生活がそこから始まった。彼らはテンシャン（天山）山脈の雪が解けてできた川の水を母なる恵みとして土地を耕し、再び立ち上がった。

「父さんはいつも私たちに、人は容易に死んだりしないって言いました。生命の法則を侮《あなど》ってはいけないって。生命の力、人間の力を信じろって。それは生きようとする力、生かせようとする力なんだって。でも、私はいまだにその意味がわかりません。その代わり、ならどこで道を誤ったんだろうって考えてきました。いったいどこで道を誤ったせいで私たちは中央アジアの荒野に捨てられたんだろうって。どこでどう誤ったせいで、ソ連軍と米軍は植民地支配下で苦しんできた土地を分割占領し、私たちは同じ民族同士で殺し合ったんだろうって。中央アジアから命からがら戻ってきた私は、新生共和国で二十歳の春を謳歌するどころか、たくさんの死体を目の当たりにしました。手足がちぎれ、ずたずたになった体から血が噴き出ているところを。血が溜まり、蛆虫《うじむし》が湧いているところを。なのに若い軍人たちは軍歌を歌いながら、前線へと死の行進を続けた。私は家に帰ってきた父さんに訊いたんです。こんなことになったのは、どこでどう誤ったせいなのかって。すると父さんはか弱い声で、パンが冷めないように毛布に包んで持ってきてくれたカザフの女たちのことを忘れちゃいけないよ、と言ったんです。すべての誤った歴史を正せるのは、そんな人民の力だって。それを聞いて私は、幼い子どもみたいにおんおん泣きました。そして叫びました。信じられない、みんな嘘よ、って」

オクシムは声高にそう言った。

一九三六年の冬、ソウル桂洞《ケドン》の蘭香

自白委員会に呼び出されて数日が過ぎた頃、尚虚《サンホ》はそれ以上話すのをやめた。話しても無駄だと思ったのだろう。だが、自白を強いる壇上で沈黙は許されなかった。自白委員会は同僚の文人らに、尚虚の黙秘を破るよう命令した。討論者として若い小説家が進み出た。彼は首領の肖像画の前で万歳三唱をしてから、前置きもせず単刀直入に言った。

「それなら、なぜ書かないのですか」

そう言われて尚虚は戸惑った。

「この数年間、私ほどそのことを自らに問いかけた者がいるだろうか。私は先の戦争に従軍して腰を痛めたせいで、長く机の前に座っているのは無理だし、それに五十を過ぎた頃から集中力が続かなくて……」

「私はトンムに、なぜ書かないのかと訊いているのです」

若い小説家が尚虚の言葉を遮った。質問の意味を呑み込めていない尚虚がどもりながら言った。

「き、君。わ、私は、書かないのではなくて、書けないんだよ」

「トンムは書けないのではなくて、書かないのでしょう。それにトンムの反逆的な文学活動はいまに始まったことでしょうか。解放前からではありませんか。日帝の走狗《そうく》として、九人会《クインフェ》*という反逆的な文人団体を組織した動かしがたい事実があるというのに、なぜ自白しないのですか！」

「もう二十年以上も昔のことです。トンムは若いから知らないかもしれないが、当時、プロレタリア文学は、日帝の弾圧によってすでに退潮期に入っていた。だから私には縁がなかった。それに九人会は思想と関係ないものだと、これまで何度も説明してきたはずだが」

「なら、なぜ書かないのですか」

若い小説家がもう一度尋ねた。

「さっきも言ったが、五十を過ぎた頃から……」

尚虚も繰り返して答えた。

二十年前のことが持ち出されたので、自ずとキヘンもその頃の自分が何をしていたのか思い出した。当時、彼は東京の吉祥寺に暮らしており、青山学院の英文科に通っていた。卒業を翌年に控えて、遠くに雪をかぶった富士山が見える伊豆半島をぐるっと一周し、ソウルに戻ってきてみると、九人会というものができていた。九人会のメンバーのうち、李箱《イサン》と金裕貞《キムユジョン》は若くして死に、金起林《キムギリム》と鄭芝溶《チョンジヨン》は戦争で生死が不明になり、尚虚と仇甫《クボ》〔朴泰遠《パクテウォン》〕は北に渡ると二十年前のことを追及されていた。

キヘンがそんな雑念にとらわれていると、今度は若い詩人が紙を持ってきて読み始めた。

「それでは質問を変えましょう。トンムは一九三六年の冬、ソウルの桂洞《ケドン》に住んでいた詩人李《イ》秉岐《ビョンギ》の自宅に蘭が咲いたと聞いて、反動文人である鄭芝溶《チョンジヨン》、盧天命《ノチョンミョン》らとともに、その蘭の匂いを嗅《か》ぎに行ったことがありますね？」

いきなり李秉岐、鄭芝溶、盧天命などの名前が出てきたので、尚虚は体をこわばらせた。

「そんなことがあったかな。解放前のことはよく覚えていないが」

「トンムは覚えていなくても、トンムが書いたものは過去の行跡《ぎょうせき》を一つ残らず記憶していますよ。ならば、もう一度尋ねましょう。トンムは当時、新聞で東北人民革命軍*に関する記事を一つでも読んだことがありますか」

「似たような記事は読んだことがあります」

「革命軍が日帝の侵略者らを追い出すため、抗日戦争を繰り広げていた時期に、反動文人たちを呼んで蘭の匂いなどを嗅いでいたとは。その行為をどう理解しろと言うのですか。トンムが首領様と東北人民革命軍についての小説を書かないのは、以前から悪感情を抱いていたからではないのですか？」

何十回も繰り返された批判に疲弊したのか、尚虚はうなだれた。そして再び顔を上げて言った。

「いいえ。どう考えてもそれは違います」

「トンムが首領様と東北人民革命軍についての小説を書かないのは、以前から悪感情を抱いていたからではないのですか？」

彼女が再度尋ねた。

「だから何度も言っているではないか。これまで党の文芸政策に添う小説をずっと書いてきたが、最近になって創作が不振なのは、歳《とし》も歳だし、戦争のときに腰を痛めて……」

尚虚の度重なる釈明は、客席にいた若い文人たちの喚声《かんせい》に埋もれてしまった。彼らは次々に立ち上がり、自白せよ、過ちを自認せよ、と声高に叫んだ。キヘンは黙って座っていた。そのうち、横にいた詩人と目が合った。解放前、平壌市内の喫茶店でよく見かけた顔だった。ふたりは一度目を逸《そ》らしたが、再び見合った。以前のように書けないのは、キヘンもその詩人も同じだった。ふたりはまた、互いに顔を背《そむ》けた。

数か月にわたり、自白委員会で内密な私生活まで暴かれた頃には、尚虚の顔にも表情のようなものが現れ始めた。頑《かたく》なな表情、悲しげな表情、憤った表情、ひねくれた表情。あたかも夢中で演技をするあまり本来の自分を忘れてしまった俳優のように、壇上に立った尚虚は饒舌になったかと思うとすぐにまた塞《ふさ》ぎ込み、胡麻《ごま》をすっていたかと思うと食ってかかった。党の意向を理解している者たちは、抜け殻になった彼をさらに激しく攻撃し、彼のすべての作品を批判の対象にした。それればかりか、米兵をふたりも射殺して死んだ人民軍兵士を扱った愛国的な小説すら、その兵士の死体が米兵の死体とともに見つかった場面を問題視し、批判した。人民軍兵士の高貴な犠牲も米兵の死も、所詮は同じ死体にすぎないと尚虚が見せようとしている、彼らはそう批判したのだった。

偶然、道で会った尚虚と言葉を交わしてまもない頃だった。キヘンは午前の読報の時間に、平壌市党文学芸術部熱誠者大会において、秉道《ビョンド》が尚虚の朝鮮文学芸術総同盟副委員長の職位と執筆権を剝奪したという知らせを聞いた。「この者の反逆的文学活動は解放後に始まったことではなく、解放前から日帝の走狗として、朝鮮《チョソン》人民の反日民族解放闘争に率先して反対した反逆的文学で一貫されており」云々とある文章が、その事情を明かしていた。キヘンは文章の内容よりも、その文章を書いた人間が愚かだと思った。どうすれば二十余年前に文人の集まりを結成したということを理由に、ひとりの小説家の人生を「反逆的文学活動」だと断罪できるのか。

戦争が勃発してから寒くなかった冬は一度もなかったが、その年の寒さは格別だった。シベリアから押し流されてきた寒気が北半球の各地を襲った。ひどいところは零下三十三度まで下がり、凍死する人が続出した。また、冬のあいだじゅう大小の山火事が起こった。そうして二月末まで平壌に二十センチメートルを超える雪が積もったかと思うと、『朝鮮文学』三月号には、尚虚がアメリカ帝国主義のスパイとして南から北へやってきたと主張する文学評論が掲載された。

このように春なのに春らしくない月日が流れ、四月の朝鮮労働党の第三回党大会が開かれる頃、本当の春の便りが舞い込んできた。ソ連共産党がスターリン〝大元帥〟の個人崇拝と独裁政治を批判しているという、驚くべき噂が広まったのだ。その噂には今後の情勢に関する予測が注釈のようについていたが、最も有力なのは、首領が失脚し、集団指導体制が導入されるだろうという展望だった。フルシチョフ書記長がソ連共産党第二十回党大会でスターリン個人崇拝を批判する秘密演説をしたのは、尚虚が咸興《ハムン》の某新聞社へ追われた時期と重なっていた。キヘンも初めは半信半疑でソ連の雑誌などに目を通したが、その年の夏、労働新聞にソ連指導部がスターリン批判を支持する論評が載っているのを見て確信を得た。尚虚が平壌に戻ってくる日もそう遠くはないだろう。もし平壌の街で再会したら、今度は避けずに焼酎をふるまおうと思った。それから松《ソン》田《ジョン》の話の続きを聞かせてほしいと言うつもりだった。遠からずそうなるはずだった。

袋小路の果て、燃える家

ふたりが麵屋《ククス》を出たときは、もう日が暮れていた。オクシムの家は輪環線通り沿いにあると言った。キヘンは平壌駅前からバスに乗るので、彼女と一緒に少し歩くことにした。その界隈は解放前、日本軍の歩兵第七十七連隊の駐屯地があったところで、平壌駅の向かいには日本風の料亭や中華料理店、旅館、妓生《キーセン》宿などが並んでいたが、米軍の爆撃を受けて、赤煉瓦《あかれんが》の家や木造家屋はすべて灰と化してしまった。その廃墟に定規でまっすぐ線を引くように、平壌駅から普通門《ポトンムン》まで一直線に道路をつくり、万寿台《マンスデ》通りとつなげた。そうすると、万寿台通りとスターリン通りと人民軍通りを経て、再び平壌駅に戻ってくる環状線のような道路が自ずと出来たので、これを輪環線通りと呼んでいた。

輪環線通りには、五階建ての共同住宅が次々に建てられた。平壌の再建には、ソ連と東欧諸国の援助と、ソ連の建築技術が大きく寄与した。再建を指揮する建設大臣も設計者も、ソ連で建築を学んだ者たちだった。彼らはコンクリート建築の資材を工場生産化したPC工法を導入し、部屋と台所と壁体《へきたい》などを標準設計して事前に型枠工事をしたのち、起重機で積み上げていくやり方で共同住宅を組み立てた。畳の部屋が一つと台所、オンドルの代わりにペチカ〔ロシア式暖炉〕をつけ、一直線に伸びた廊下の先に共同便所を設置するなど不便なところもあったが、建設する速度だけはじつに速かった。その頃、新聞には「昨年までは一世帯を組み立てるのに二時間かかったが、今年は三分で壁体を一つ、十四分で住宅一棟を組み立てるという奇跡を生み出した」という記事が載った。党はこれを〝平壌速度〟と呼んだ。

キヘンとオクシムは無言で歩いた。暗闇の中に、遠く平壌駅の八角形の時計塔が見えた。夜の八時が過ぎようとしていた。この豪壮な建物をつくったのもソ連の建築家だった。彼らはスターリングラード駅を真似て中心に巨大なアーチ型の玄関をつくり、その上に時計塔をのせた、古典的な建築様式の三階建て構造物として平壌駅を設計した。内部には一・七トンのシャンデリアを設置し、かつて日露戦争の勝利を記念して日本が建てた「京義《キョンイ》鉄道創設紀念碑」があった駅前の広場には、その恥辱《ちじょく》を挽回するために、銃を持ったソ連兵の銅像が建てられた。社会主義首都の関門である平壌駅の竣工は急を要する課題だったので、一九五六年の初秋、内外装の工事をすべて終えた。その頃、キヘンは『朝鮮文学』九月号に、「私の抗議、私の提議」という題の文章を発表した。この文章は、協同組合や工場に関するものなら、たとえ内面を深く掘り下げなくても、文学としての感動がなくても、ともかく良い詩だとする当時の詩壇を真っ向から攻撃したものだった。

幼い頃から、鳥やカエルや草花に、人形に、あらゆる玩具に、雨と雪、母ときょうだい、また動物に、美しさや愛を見いだせるよう児童を教え育ててこそ、彼らは大人になってから正しいことに自分の命を捧げ、人間を熱烈かつ忠実に愛し、事業に剛毅《ごうき》な情熱を傾け、人類社会の大いなる美を甘受し、この世のありとあらゆる邪悪なものに勇敢に立ち向かえる人間になるのだと、繰り返し言わなければならない。現実の手厳しい一面のみをスローガンで叫び、興奮して顔を紅潮させる人々の、詩以前の常識を児童詩は排撃する。人間と人間、人間と自然との関係において見える、人間の感情の複雑さを無視しようとする無知な企てを、児童詩は唾棄《だき》する。詩は奥深くなければならず、ユニークでなければならず、熱くなければならず、真実でなければならない。

キヘンがこのような文章を作家同盟の機関誌に載せることができたのは、世界が変わろうとしていたからだった。その年の六月十七日付の労働新聞には、北京で開かれた科学者と作家、芸術家の会議で、中国共産党宣伝部長の陸定一《ルーティンイー》が行った演説の要約文が載った。その演説で陸定一は、作家なら誰でも一番良いと思われる方法を自由に駆使し、人民に、ソ連やその他の人民民主主義諸国に、それどころか〝我々の仇敵《きゅうてき》〟にも学ぶべきだと主張した。また、ポーランド、ルーマニア、モンゴル、ドイツ民主共和国、ハンガリー、チェコスロバキアなどと集中的に文化協定を結んだため、書籍、音楽、演劇、映画、展示会などの交流が盛んになった。そしてついに八月十一日付の労働新聞に、ソ連共産党の非スターリン化運動を支持する論評が掲載され、北朝鮮の政府も、ソ連がスターリンの恐怖政治体制から脱したことを公式に認めた。

このような雰囲気に便乗し、第二回作家大会では、十年余りの硬直した図式主義から脱して、文学の感動と個性を取り戻そうという声があちこちであがった。さらに会場では、作品はどれも退屈で低調だ、類型的で図式的だという読者たちの抗議も紹介されるほどだった。そのときはまだ、児童文学分科委員長を務めていたオム・ジョンソクも雰囲気に便乗して、否定的な人物の形象化を禁じてきた誤謬を指摘し、緊迫感のある作品を書くべきだと述べ、そのためには作家の権利と自由を保障しなければならないと主張した。文壇の変化を促すこのような発言の中でも、キヘンの声は際立っていた。キヘンの抗議と提議は受け入れられた。彼はこの作家大会で児童文学分科委員会の委員に選ばれ、また文学新聞の編集委員にもなり、外国文学分科委員会の所属として『朝ソ文化』誌の編集を任された。これでようやく詩が書けるとキヘンは思った。すべてが順調に進んでいたその頃、一つだけ彼が怪訝《けげん》に思っていたのは、平壌駅の竣工式が遅れていることだった。

平壌駅の前まで来たとき、オクシムは立ち止まって、鞄の中から麺屋で見たノートを取り出し、キヘンに渡した。

「私の大切な友達から預かったノートです。今度会ったときに返すつもりでしたけど、持っていたら内務署員に見つかって、追及されるに決まっています。私の代わりに保管してくれませんか。ロシア語で書かれた詩だから、先生が持っていらしても誰も怪しまないと思います」

キヘンはそのノートを受け取った。

「ならば、私が預かっておいて、いまよりもう少し生きやすい世の中になったらお返ししましょう」

「父さんの言ったことが本当なら、いずれそうなるでしょう。その言葉を信じたいです」

そう言ってオクシムは手を差し出した。キヘンはその手を握った。

「元気を出してください。あきらめないで。きっとうまくいきますよ」

「そうだといいんですけど」

キヘンは手を振ってオクシムを見送った。オクシムは体の向きを変えて、輪環線通りの方へ歩き始めた。キヘンは彼女に向けていた視線を、手に持ったノートに移した。ノートには〝リ・ジンソン〟と書かれていた。誰だろう。ふと、キヘンはオクシムの方を振り返った。

オクシムは歩いていなかった。彼女は立ち止まったまま、右手の路地の奥の方をじっと見つめていた。なかなか動かないのでどうしたのだろうと思い、キヘンは彼女の方に歩み寄った。

「オクシムトンム、どうしたんですか」

彼女は振り返ってキヘンをちらっと見たが、また路地の奥を見つめた。キヘンが彼女のそばに行って路地の奥を見ると、突き当たりにある家が一軒、燃えていた。路地の入り口では、上下に防疫服を着てマスクをした人たちが通行を塞いでいた。何があったのかと訊くと、いずれ取り壊しになるはずのバラックに伝染病患者が出たので、この際、焼却しているのだと言い、彼らはふたりを押しのけた。数歩下がってからも、ふたりはその火をしばらく見続けた。

私たちがこの世の果てだと
思っていたところ

あなたと私はもう永遠に会えないのですね。
あなたの言葉を私に贈ってください。
折々、深い夜、星たちに託して……

——アンナ・アフマートヴァ「夢の中」

地獄からの脱出口、完全なる敗北

平壌に初雪が降った。休日だったので、朝から人民班の班長が雪かきをするようにと家々をまわりながら呼びかけた。キヘンは耳当てと手袋をした子どもたちと一緒に路地に出た。地面を引っかく鋤《すき》と箒《ほうき》の音がやかましかった。午前はそうして過ぎ、キヘンは昼飯を食べて家を出た。秉道《ビョンド》の家は普通江《ポトンガン》が見下ろせる丘の上にあった。バスに乗って川を渡ると、その年の春にようやく完工した平壌駅の八角形の時計塔が見えた。美術史家の近園《クンウォン》がその時計塔について、男性的な釈迦塔よりも女性的な多宝塔に近いのだから、欄干《らんかん》と塔身《とうしん》をもう少し繊細に仕上げるべきだった、と書いていたのを、キヘンはある雑誌で読んだことがあった。誰もが民族的なもの、主体《チュチェ》的なものばかりを叫ぶあまり、平壌駅舎が本来、ソ連の建築家によって設計された西洋古典主義様式であることはすっかり忘れられていた。あるいは、知らないふりをされていた。ソ連の痕跡を消すために、竣工式を二年も遅らせたのだ。その間、建設大臣も含めてソ連派の土木官僚たちは粛清され、彼らの建てた数多くの建築物は、どれも自己保身に走る事大主義者による誤った展示物だと糾弾されていた。

キヘンは平壌駅で列車を降り、普通江の畔《ほとり》の丘にある秉道の家まで歩いて行った。その辺りは日本の統治時代、粗末なあばら家や息の詰まりそうな穴ぐらが、所狭しと並ぶ貧民窟だった。毎年夏になると川の水が氾濫し、たびたび水害に見舞われたが、解放後は大々的に改修工事を行い、遊園地がつくられた。昨年の夏、ベーラを歓迎する晩餐が開かれた食堂がそこにあった。しばらく歩いてその食堂の前まで来たとき、キヘンは足を止めた。雪が積もっていたが、昨年見た看板は変わらず掛かっていた。看板には〝平和〟という文字の横に、木の葉を口にくわえた鳩が一羽描かれていた。辺りが白い雪に反射して明るいせいか、鳩の白い体と赤い足、草色の木の葉が色鮮やかだった。キヘンはノアの方舟の話を記憶していたので、それがオリーブの葉だとすぐにわかった。そのオリーブの葉は、ノアの方舟がいずれ向かう世の中、まだ到来していない世の中からひと足先にやってきたのだ。戦争で廃墟になった都市のど真ん中で、誰があんな絵を描いたのだろう。キヘンの記憶の中で一年前の夏の陽差しは、鬱蒼《うっそう》とした葉柳《はやなぎ》の影をその看板に半分ほど垂らしていた。そのため、鳩の白い体が光と影に分かれた。風が吹くと、光と影の境界が揺れた。影は光があってこその影なのだ。いま影の中にいるということは、どこかに光がある証拠だった。ただ、その光がまだ彼に到達していないだけで。

キヘンがベーラ歓迎の晩餐に参席せよと言われたのは、一九五七年六月のことだった。キヘンはベーラの詩を翻訳した縁もあり、晩餐の席で秉道とベーラの間に座った。あれこれ言葉を交わしているうちに、彼女の故郷がスターリングラードだとわかった。すると秉道はベーラに、スターリングラード人民の英雄的な抗戦については北朝鮮の文人たちもよく知っている、スターリンの英雄的な意志と赤軍の完全なる勝利に喝采を送りたい、と語った。彼は場内の人々に乾杯を提案し、ベーラが英雄都市スターリングラードから来たことと、そこでの戦闘について長々と紹介したのち、モスクワを訪れたときに会ったソ連共産党員たちの品性を褒めたたえた。

「朝鮮《チョソン》のスターリングラードと呼ばれる、咸興《ハムン》に行ってみませんか」

乾杯の酒を飲んで席に着いたとき、秉道がベーラに尋ねた。キヘンがそれを通訳した。

「朝鮮にまで来て、こんなにスターリングラードの名前を聞くなんて思ってもみませんでした。私たちはもう、スターリングラードを誇らしく思っていないのに」

ベーラが気まずそうに言った。秉道はベーラの返答も待たずに、ひとり話し続けた。

「先の戦争でアメリカ帝国主義者らは、我が人民軍の確固たる抗戦の意志を折らんとする虚妄な計画を立て、連日、数千発の爆弾を咸興に……」

そんな説明が長々と続いている間、キヘンは咸興の永生《ヨンセン》高等普通学校で英語の教師をしていた頃を思い出していた。初夏になると、ポプラの木が立ち並ぶ校庭で生徒たちとボールを蹴って遊んだものだが、時折ふっと漂ってくるアカシアの香りにうっとりするときがあった。そんなときは立ち止まって、ボールを追って走りまわっている生徒たちを見ながら、十年後、二十年後、この子たちはどこで何をしているのだろうと考えるのだった。そのときはまだ、自分はこの美しい北方の街で教師として老いていくものだと思っていた。

秉道の説明が終わるのを待って、キヘンがベーラに尋ねた。

「ずいぶん前のことですが、『スターリングラードの戦い』〔ウラジーミル・ペトロフ監督作品、一九四九年〕という映画を観たことがありますか。スターリン賞を受賞したそうですが、ご覧になりましたか？」

「もちろん観ました。かつては必ず観なければならない映画だったから」

「その映画の中に、空が真っ黒になるほどドイツの爆撃機が飛んできて、都市全体を火炎と砲煙で包む場面が出てきますよね？　さきほどの話は、咸興も同じように米軍に爆撃されて廃墟になった、という意味です」

それでベーラはようやく、なぜ彼らが自分の故郷にそこまで関心を寄せるのかが理解できた。しかし彼女の反応は素っ気なかった。

「スターリングラードが誇るべきものは戦争の記憶じゃなくて、ヴォルガ川ね。あの都市はヴォルガのものだから。スターリンのものじゃありません」

ベーラの言葉に秉道は困惑した様子だった。

「それなら咸興は城川江《ソンチョンガン》の都市ですね」

秉道が空咳《からせき》をし、そう言った。

「あら、そこにも川が流れているんですね。見てみたいわ。ここ平壌もそうだけれど、都市を流れる川って、見ているだけで涙が出てくるんです。悠久に流れる川は、否応なしに失くなったものを思い出させるから」

それを聞いた秉道は、「咸興はたしかに戦争で廃墟になってしまいましたが、一九五五年から、ドイツ民主共和国の都市設計技術者によって街が再建されています。彼らは咸興を、モスクワやベルリンのような計画都市にしてくれるはずです」と、訊かれてもいないことを言った。ところがベーラがさほど関心を示さないので、秉道は誰かを見つけて手を振り、そちらに行ってしまった。

「党は、戦争で廃墟になったことを必ずしも悪いとは思っていません。戦争のおかげで共和国は、白紙状態から新たに出発できたのですから」

「朝鮮のスターリングラードというのは、そういう意味だったのね。でも、スターリングラードは英雄都市なんかじゃない。悲痛の都市よ。私は世界のどの都市も、スターリングラードの二の舞になってほしくはありません」

「さっきの『スターリングラードの戦い』のことですけど、〝かつて〟とおっしゃいましたよね？ということは、最近のソ連ではもう観ないのですか」

「フルシチョフのスターリン批判についてはご存じ？　その映画はもう古臭いんです。スターリンを英雄に仕立てすぎているところも、いまの時流には合わないし。でも、私は好きです。もっと正確に言うと、最後のシーンが」

ベーラの表情が明るくなった。

「最後のシーンというのは？」

「映画の最後で、ナチスの指揮官フリードリヒ・パウルスが赤軍に降伏するでしょう？　映画はさながら悪夢のようだけど、そのシーンで悪夢から覚めるような気がするんです。まさに敗北の美徳ね。パウルスもそのことをよく知っていたんでしょう。地獄からの脱出口でも見つけたような表情だった」

「地獄からの脱出口？」

「ええ。完全なる敗北ってこと」

キヘンは小さくため息をついた。自分が最後のシーンで観たのは勝利だったからだ。勝利と敗北が同じものを意味する言葉だとは、考えたこともなかった。戦争はこの世を地獄に変えた。こんな恐ろしいことはないとキヘンは思った。いっそのこと死んでしまうのはどうだろう。だが四十を過ぎると、死ぬのも容易ではなかった。何もかも燃えてしまったあと、彼は家族を連れて故郷の定州《チョンジュ》に避難した。そこで身を潜《ひそ》めるように暮らしながら、平和を詠んだ詩を翻訳した。炎に包まれた山河を前に、自分にできることはせいぜいそのくらいだった。やがて戦争が終わると、地獄よりもっとひどいものが待ち受けていた。それは、地獄のあとも続く日々だった。そんな日々にも脱出口があるのだろうか。

思いに耽《ふけ》っていたキヘンにベーラが言った。

「それにもうスターリン賞はなくなって、ソビエト連邦国家賞という名前に変わったんですよ。生きていれば、どんなに厳しい時代もいつかは終わるでしょう。辞書にある〝この世〟の意味は変えるべきね。永遠なるものはないところ、と」

メジナ虫症撲滅の教訓

永遠なるものは本当にないのだろうか。まだ誰も踏んでいない雪の上を歩きながら、キヘンは考えた。靴の底で雪が固まる音が聞こえた。積雪のせいだけではなかったが、秉道《ビョンド》の家に向かう足取りは重かった。どこでどう誤ったのだろう。キヘンは考えた。もしかしたら、一九五六年八月三十日に芸術劇場で開かれた党中央委員会の全員会議で何が起こっているのかも知らずに、「私の抗議、私の提議」という文章を書いて『朝鮮文学』に送ったときからではないだろうか。

その日、全員会議では二つの案件があった。一つは、六月一日から七月十九日まで社会主義の兄弟国を訪問した政府代表団の事業総和に関するものであり、もう一つは、人民保健事業を改善、強化することについての報告だった。

ところが、緊急動議によって討論者に選ばれた商業大臣は、党は重工業ばかりを重んじて人民生活の向上を無視していると批判し、何よりも軽工業を発展させ、より多くの衣服、食糧、住宅などが人民の手に渡るようにするべきだと主張した。保健事業に関する討論の場では的外れな話だが、以前からちらほら耳にしていた批判だった。だが、そのあとに続く発言が衝撃的だった。彼は個人崇拝の問題と関連づけて、首領がまったく自己批判をしようとしていない点を挙げ、ソ連共産党第二十回党大会の精神と決定に反していると発言した。彼が個人崇拝に言及するなり場内は大騒ぎになり、それによって、戦後復旧の建設助成金を得るために代表団を率いて二か月にわたる外遊から戻ってきた首領は政権掌握以来、最大の危機に陥った。

この日の騒ぎは六日後、二つの案件に関する報告ならびに決定を紹介する新聞記事の末尾に「また、組織問題も取り上げられた」と簡略に報道された。もちろんのこと、新聞報道に先んじて、その日の夜、首領の個人崇拝について論じた者たちは身の危険を感じ、車で鴨緑江《アムノッカン》〔中朝国境の川〕を渡って中国に亡命したという噂が巷《ちまた》に流れていた。それにしても、高位官僚たちが首領の個人崇拝を公の場で批判したのは驚きだった。しかも中国の延安《えんあん》やソ連で活動し、解放後、北に戻ってきた共産主義者である彼らには、中国共産党とソ連共産党という頼もしい後ろ盾があった。それは南から越北してきた朴憲永《パクホニョン》*〔政治家〕、詩人の林和《イムファ》、李承燁《イスンヨプ》〔朴憲永の側近〕らを排除したときよりも、さらに細心で緻密で、長期的な接近法が必要だということでもある。そういう意味で、よりによって人民保健事業の改善と強化について報告をする日にその事件が起こったのは意味深長だったと、キヘンは土手を歩きながら思った。

翌日、全員会議によって党は二つのことを決めた。一つは、首領と党を批判した者と、それに同調した官僚の離党および党職剥奪措置。もう一つは、これまで維持してきた非常防疫委員会を解体し、常設の衛生防疫委員会を新たに組織するというものだった。一見、何のつながりもなさそうなこの二つの決定には、類似関係があった。保健衛生の観点から見ると、病原菌が発生したとあれば防疫隊が赴いて消毒していた消極的な態度を改め、人々が主体《チュチェ》的に病原菌を予防するよう取り決めた日であった。そうやって、他にも「生活環境と労働条件の衛生的改造」「伝染性疾患との闘争ならびに予防」「非流行性慢性疾患の予防」などの方針が出された。このためには人民大衆の衛生教養啓蒙事業が重要だと党は判断し、新たに中央衛生宣伝館を設置した。このような決定を下した背景には、ウズベキスタンで行われたある研究が大きな役割を果たしていた。

一九二二年、ソ連の寄生虫学者スクリャービンは、ブハラ〔ウズベキスタンの都市〕で有病率が二十パーセントに達し、年間一万件以上の感染事例が報告されたメジナ虫症を撲滅させるために、疫学調査を行った。調査の結果はこうだ。メジナ虫の幼虫は井戸や池にいるミジンコに寄生し、人間や犬がその水を飲むと、消化管の壁を貫いて足まで移動する。幼虫は足の中で成体に変態したのち、産卵期に水疱をつくる。すると感染者は火傷《やけど》を負ったような痛みを感じ、その足で水を探し求める。やがて水に触れた成虫は、皮膚を破って体外に出て、数千匹の幼虫を産んで死んでしまう。この幼虫が再びミジンコに食われたら、一生が完成する。

イスラームの聖地であるメジナ〔サウジアラビアの都市マディーナ／メディナ〕で猛威をふるい、巡礼者たちを苦しめたこの寄生虫を退治する駆虫薬はなかったので、スクリャービンは疫学調査をもとに、住民の生活環境そのものを変える方法を選んだ。まずは教育によって人々の考え方を変え、それから井戸と池の水利工学的な改造を通して人間とミジンコの接触を遮断した。感染が確認された人々は水辺から隔離させた。殺すことも厭《いと》わなかった。メジナ虫が見つかった井戸や池には油を注ぎ、犬の場合は広範囲な殺処分を行った。虫卵《ちゅうらん》から幼虫、成虫に至るまでのすべての発育段階において、可能なかぎりの方法でこれらを攻撃し、撲滅させる積極的な予防法によって、スクリャービンは九年後の一九三一年、ついに感染事例を一件にまで減らすことに成功した。スクリャービンの研究は、病原菌を撲滅させるためには、患者の治療や非感染者の予防のような消極的な次元を超え、流行を誘発する外部の環境そのものを変えなければならないという教訓を残した。

党は保健事業に〝デバスタチヤ（девастация）〟というこの予防法を導入した。これは思想教育によって人々の生活習慣を変え、最終的には環境全体を改造することを意味した。そうして八月の全員会議にて、人民保健事業は自らの問題であると徹底して人民に自覚させなければならない、という最初の綱領が出された。しかし、二年間「便所及び井戸の改造週間」「手洗い運動」など、さまざまな保健事業を行った結果は、決して満足のいくものではなかった。いくつかの模範的な町を除けば、全国的に期待したほどの成果は収められなかった。よって首領は一九五八年五月四日、保健衛生事業は社会主義文化革命の要《かなめ》だと強調し、これを国の課業として推進していくことを宣言した。党は八月、全体会議の成果である衛生防疫委員会を解体し、新たに中央衛生指導委員会を組織したのち、本格的な衛生指導に乗り出した。衛生指導員を旅館、食堂、食料品工場などはもとより、家庭にまで派遣して衛生状態を点検させ、違反が発覚した場合は当事者を衛生検閲委員会に呼び出し、教養事業〔思想教育〕を行った。

その頃、キヘンは新聞で、咸鏡南《ハムギョンナム》道《ド》端川《タンチョン》郡双龍里《サンリョンニ》に住むひとりの老人が、内閣で決められたことも知らずに従来のやり方で野菜畑に人糞尿《じんぷんにょう》を撒いていたところを、衛生の常識を学習した嫁に告発され、村の衛生検閲委員会に呼び出されたという記事を読んだ。おそらく老人は、これまでの古い観念を捨てて新しい思想意識と生活習慣に順応するまで教養事業を受けたことだろう。党はこれを改造と呼んだ。そのため一年後、党による集中指導という美名のもと、全国の各機関と単位別にすべての人民の思想検討を始めるという発表がなされたとき、人々はとくに抵抗することもなくその指示を受け入れた。土を掘り返して蛹《さなぎ》を摘み出すように、周りで暗躍している宗派主義者《ジョンパ》〔派閥主義者〕を探し出せばよいのだから。それだけではない。自分の中にある保守主義と消極性を燃やし、それを生産量によって証明せよという命令にも、彼らは驚かなかった。毎週、決められた撲滅量に合わせて捕まえたハエやネズミの数が、自分たちの衛生観念が改造されているる具合を示していることを、充分に学習していたからだ。首領はこれこそが社会主義的人間の創造過程だと言った。

白い石ころトンムと江原野原さん

千里馬《チョルリマ》に乗った勢いで社会主義の建設を目指して先陣を切る創造的な人間になれと、首領がすべての人民に呼びかける前年の夏、キヘンはベーラの咸興《ハムン》訪問に同行した。他にも秉道《ビョンド》と、シン・アンナムの率いる公演団も一緒だった。朝早く平壌を発った列車は、順川《スンチョン》、新陽《シニャン》、陽徳《ヤンドク》を経て東海岸の高原《コウォン》に辿り着いたあと、そこから金野《クミャ》、定平《チョンピョン》を通って、夕暮れ時に咸州《ハムジュ》に着いた。そこからは見渡すかぎりの野原が広がっており、遠くの方に雲のかかった白雲山《ペグンサン》の峰々が目に入った。

咸州に着くなり感じたのは、風の気配だった。東海《トンヘ》から吹いてくる海の風は生温かいのだが、興《フン》南《ナム》一帯の工場の煙を連れてきたし、長津《チャンジン》や新興《シヌン》の高原地帯から吹いてくる北風は澄みきっていたが、うら寂しく、しかも土埃《つちぼこり》を街に撒き散らした。盤龍山《バンリョンサン》や城川江《ソンチョンガン》は屈曲が少ないことから、咸興は詩よりも散文の街だと秉道は評した。だが、小正月になると大勢の人が押しかける万歳橋《マンセギョ》の月明かりの風景や、夏になると鱒《ます》や鯉《こい》がのぼってくる真っ白な川辺の明るい光は、キヘンにとっては充分に詩的な情緒があった。咸興も興南も、空襲で街の八割以上が破壊されたという記事を新聞で何度か読んだが、思い出の詰まった場所であるだけに、キヘンは期待に胸をふくらませていた。

「社会主義も完成したことだし、そろそろ君の名前もシン・アンナムからシン・ナム〔喜ぶ、楽しい〕に変えたらどうだ？」

夕陽が山あいに完全に落ちていくのを見ながら、秉道が隣に座っているアンナムに言った。咸興に近づいてきたので、うとうとしていた人たちも皆、伸びをした。

「なに、私ひとり喜んで聴衆が白けていたら、漫談家《マンダム》として失格ですからね」

アンナムが言った。

「この人は功勲《こうくん》俳優〔最高の栄誉とされる人民俳優に次ぐ称号〕でしてね。なぜ名前が〝アンナム〟だと思います？」

秉道がベーラに尋ねた。それをキヘンが通訳した。

「さあ。インドシナの昔の地名〔ベトナムの歴史的地名である安南〕から取ったとか？」

「ははは。困ったな、どう説明すればいいのやら。アンナム、君に任せるよ」

「百席《ペクソク》〔白石と同じ発音〕も席を独り占めしている白い石ころトンムが、うまく通訳してくれるかな？　私の本当の名前は別にあるんですが。おぎゃあと産声をあげて生まれてきたら、日本がのさばっている世の中でしてね。だから私は生まれてくるなり言ったんですよ。わかっていたら生まれてこなかったのに、と。それで名前を、生まれてこないという意味の〝アンナム〟にしたわけです。だけど名前はこれだけじゃない。植民地末期には朝鮮人も日本の名前に変えろと命じられたんで、私は〝江原野原〟と名乗りましてね。日本語読みだと〝エハラノハラ〟。じつはこれ、世界的に有名な舞踊家、崔承喜《チェスンヒ》が東京を驚愕させた朝鮮舞踊の題目*からお借りしたもので、〝エヘラ〜、ノララ〜〔さあ、楽しもうじゃないか〕〟って意味になるんですがね。そりゃそうと、こんなの通訳できるのかな」

アンナムが向かいに座っているキヘンを見て言った。

「できるわけないでしょう。生まれてこなかったのに、のところだけ説明します」

ところが、キヘンの説明を聞いてもいないのにベーラが笑いだした。

「表情を見ているだけでもおかしくて。眼鏡と顔と表情が別々に動いているんですもの」

そんなことを言い合っているうちに、列車は城川江《ソンチョンガン》を渡った。まだ鉄橋が完成していないので、列車は丸太で組んだ橋脚の上を這うようにそろそろと走った。

「久しぶりに故郷に帰ってきたことだし、今日はキヘントンムが好きなカレイを肴《さかな》に、焼酎を思う存分飲むとしよう」

秉道が言った。

「委員長同志《トンジ》は酒グセが悪いから、ベーラ嬢みたいな美人は気をつけた方がいいな」

自分のことだと気づいたベーラは、目を瞬《しばた》かせながらキヘンの顔を見た。

「おい、君の方こそ口グセに気をつけるんだな。いつかまたひどい目に遭うぞ」

〝クセ〟というのは日本語なので、これをどう訳したらよいのかキヘンが考え込んでいると、アンナムが言った。

「ひどい目に遭おうが遭うまいが、心中余すところなく語ってこそ漫談《マンダム》家と言えるんでね。一談《ダム》一談語《ダム》っていたら、漫談《マンダム》になるのはいつの日か。目どころか頭までひどいことになっちまうよ」

アンナムの駄洒落に、聞き耳を立てていた周りの人たちも皆、笑った。仄暗《ほのぐら》くなった咸州《ハムジュ》の野原と城川江は今も昔も変わらないが、橋を渡ってからの風景は、キヘンの記憶とずいぶん違っていた。本来ならば川辺には市《いち》が立ち、白い服を着た男女で賑わっているはずだが、キヘンの視界に入ってきたのは数本の煙突だけだった。辺りは次第に暗くなり、軒の低い家屋が薄《うす》ぼんやりと見えた。瓦屋根の部分はそれなりに家の形を保っていたが、坂道を壁代わりにして板を組み合わせたものは、あばら家と呼ぶべきか、化け物屋敷と呼ぶべきか。キヘンが青春を送った咸興はもうどこにもなかった。文房具屋を営む白系ロシア人のところにロシア語を習いに行くときに歩いた軍営通りや、灰の塀が続く咸鏡道《ハムギョンド》の風情ある路地は跡形もなく、その代わり、碁盤《ごばん》の目のように区画された道の上に、角ばった建物が少しずつ建てられていった。

キヘンは待機していた乗用車に乗り込んだあとも、道人民委員会がある広い道路を走る車の窓から暗い街を眺めた。

「せめて郵便局でも残っていたら、どこがどこなのかわかるのに……。大和町《だいわ》も軍営通りも、なんにも残っていないですね。あの界隈が本町だったような……」

かつての面影など片鱗《へんりん》もないみすぼらしい街を指さして、キヘンが言った。

「東門洞《トンムンドン》、南門洞《ナンムンドン》と言ってほしいね。昔の名前なんか、みんな忘れてしまったよ。ロバも、ナターシャも*」

後部座席に座っている秉道がそう言って高笑いした。キヘンが咸興にいた頃に書いた詩を思い出したようだった。

「咸興はいずれ直轄市になる。破壊されたからこそ成長するわけだ」

秉道が言った。

「つまり、ここも高い建築物と水路と工場の煙突によって再起する、英雄都市というわけですね」

キヘンは何の感慨もない声で言った。

「そうだ。我々はそれをソ連から来たこの詩人に見せたいのだ」

そう言うと秉道は、隣に座っているベーラの顔を見て言った。

「トンムを私の故郷、咸興にお連れできて光栄です。ここに来てみていかがですか」

「列車の中から、河口に沿って広がる野原を見ました。立ち並ぶドロノキの澄んだ光に目が洗われる気がしました。砲煙にも破壊されない、自然の偉大な力を感じます」

キヘンがそれを通訳すると、秉道が再び尋ねた。

「この通りはどうですか。ドイツの技術者と我が建設者たちが、心を一つにして築き上げた芸術品です」

「そうですか。戦争の傷痕はきれいさっぱり消えてしまうんでしょうね」

ベーラの返事は心なしか投げやりだった。秉道の言う芸術品には陰影がなかった。陰影のない芸術は、真っ白に塗り潰した絵にすぎないとキヘンは思った。窓の外に殺風景な起重機と、無感動な三、四階建ての建物がよぎった。

「咸興には李氏朝鮮の始祖、李成桂《イソンゲ》の潜龍《せんりゅう》の頃や、譲位後の史跡がたくさんあるのですが、一番有名なところは、李成桂が王になる前に暮らしていた家で、李成桂の高祖父から、つまり穆祖《モクチョ》、翼祖《イクチョ》、度祖《トジョ》、桓祖《ファンジョ》、そして后妃《こうひ》の位牌を祀《まつ》った本宮《ボングン》です。李成桂が息子に王位を譲って、ここで暮らしているときに咸興差使《ハムンチャサ》という言葉〔使いに行ったきり帰ってこない人、または遅れて帰ってくる人を指す諺〕ができたのですが、それはつまり……」

潜龍だの后妃だのという言葉が次から次へと出てくるので、どう通訳すればよいのか困っていた矢先、〝咸興差使〟と聞いてキヘンは頭の中が真っ白になった。新たに敷かれたヴィルヘルム・ピーク大通りにある食堂で夕食をすませ、彼らは咸興駅の向かいにあるホテルに行った。この日の日程はそれでおしまいだった。キヘンは翌日の朝ソ親善の行事で朗読するベーラの詩を翻訳しなければならないのを口実に、ひとり部屋を取って早々と引き上げた。そのときもまだ、〝咸興差使〟という言葉が頭から離れなかった。キヘンは窓を開け、向かいの建物を眺めた。建物の壁には、咸興に追いやられた尚虚《サンホ》が校正員として働いている新聞社の看板が掛かっていた。看板を照らしている電灯に虫が群がっていた。看板の隣には、その頃どこに行っても貼られていたポスターが一枚、暗闇に身を潜《ひそ》めていた。まるで森の中に隠れているキツネの目のように、そこにある赤い目がキヘンをじっと見つめていた。

トンムは千里馬《チョルリマ》に乗ったことがあるか

一年前、咸興《ハムン》のホテルで見た目が、平壌の普通江《ポトンガン》遊園地の立て看板にもついていた。その頃、キヘンはどこに行ってもその視線を感じた。皺《しわ》のないつるんとした額と、一直線に伸びた頑なな鼻筋、それから濃い眉の下で自分をぎろりと睨みつけている二つの瞳。その瞳の前に立つと、キヘンの身体は硝子《ガラス》のように透き通った。その視線の主人公は鞍《くら》もつけずに赤褐色《せっかっしょく》の馬にまたがって、右手に「社会主義の建設を」と書かれた赤い旗を持ち、左手の人さし指でキヘンを、もっと正確には、キヘンの身体のどこかを指さしていた。男が何を指さしているのかは、そのすぐ下に書かれた「トンムは千里馬《チョルリマ》に乗ったことがあるか？　保守主義の消極性を燃やせ！」という文章からおおよそ見当がついた。馬に乗った男は、キヘンの内面に隠れた保守主義と消極性を見透かしていたのだ。

男はキヘンを指さして、おまえの中に、社会主義の建設に向けて一歩踏み出すのを拒むありとあらゆる古くて保守的なもの、消極的なもの、沈滞的なものはないかと問うていた。一種の教理問答のようなものだった。ここには「ない」という答えだけが存在した。もし、ないと答えたら、自らその不在を証明しなければならない。不在の存在をどう証明するのか。インテリたちが好きそうなこの疑問に対する答えを、党はこの二年にわたる保健衛生事業によって、子どもでもわかるようにやさしく提示した。保健衛生事業の改造成果は有害な昆虫と動物の撲滅量が証明し、心の中に保守主義と消極性があるかないかは生産量として現れるということを。そのため、共和国創建十周年を迎えたその年の九月、五か年計画を一年半繰り上げて完遂するために、誠実、勤勉を超えて、党の提示した社会主義建設の綱領的課業を戦闘的に遂行することを促した「全体党員に送る党中央委員会の手紙」を受け取っても、文人たちはなんらおかしいとは思わなかった。表紙が赤いので〝赤い手紙〟と呼ばれたこの小冊子には、知識人も保守主義と消極性を脱皮し、自ら生産の現場に飛び込め、という指示が書かれていた。

そうして十月十四日、「作家、芸術家の中で、古い思想の残滓《ざんし》に反対する闘争を力強く行うことについて」という首領の教示が出されると、二年間の短いながらもぼんやり見えていた解氷の雰囲気は完全に消え失せた。文学新聞は二日後から「なぜ書けないのか——小説家リ・チュンジンの訪問記」「低調の原因は？——劇作家朴玲宝《パクリョンボ》訪問記」「作家ではない〝作家〟」といった記事を載せて、労働者だけでなく作家にも、党が提示する目標を超過達成させることにした。また、図式主義を批判した第二回作家大会の自由な雰囲気に乗じて、この二年間に発表された作品に対する断罪も始まった。それを主導したのは、第二回作家大会において「詩人とはデモの日にプラカードを掲げて行進する騎手ではなく、人間の精神面において最も素晴らしく美しいものを、各自の多様な個性を、それらを造成する力を、堂々と歌う歌手」のような存在だと説いた、作家同盟委員長の秉道《ビョンド》だった。

十月中旬、秉道はウズベキスタンの首都タシュケントで開かれたアジア・アフリカ作家会議に参加していたため、帰国したのち首領の教示を知った。彼は即、ともに帰国した副委員長がブルジョア思想の泥沼にはまっており、現実においていわゆる生命あるものを追求するという名目のもとに、密かに文学作品の中で党の政策の貫徹を誹謗していると辛辣に攻撃した。そして十一月二十日、首領の新たな教示「共産主義の教養について」が出された。秉道はこの教示に基づいて、作家同盟中央委員会第三回全員会議拡大会議を開き、労働者にならないかぎり、ブルジョア思想の残滓を清算し労働者階級の思想に武装するのが困難なため、思想検討委員会を開いてすべての作家を審査し分類したあと、現地への派遣など、適切な処置によって改造することを決議した。

これによって作家同盟は各分科別に、社会主義建設のための革新運動決議大会を開催した。党中央の指導委員であるオム・ジョンソクは、児童文学分科主催の決議大会で党中央委員会の指示事項を朗読したのち、所属する作家全員から千里馬《チョルリマ》作業班に身を投じるという決議を採った。決議の内容は速戦即決で決まり、参加者たちはその場で申込書を作成した。そこには希望する生産現場を書く欄があった。いつもの決議大会と違い、具体的な地域まで記入せよと言われて誰もが戸惑った様子だった。周りの顔色をうかがう人もいるなかで、作家同盟で弁の立つ者たちは迷わず申込書を作成し、オム・ジョンソクに提出した。まさに時代は速度を重視していたので、他人に後《おく》れを取るのは罪悪だった。キヘンも他の作家が書いているのを肩越しに盗み見て、故郷の定《チョン》州《ジュ》を書き記した。

数日後、党が選別した派遣作家の名簿にキヘンの名前があった。ところが、ほとんどの作家が決議大会のときに記入した自分の故郷、または縁故のある土地の工場や事業場など、希望したところに派遣されるのに対し、キヘンの行き先は、聞いたこともない三水《サムス》の協同組合になっていた。どのような人がそのような処分を受け、今後どうなるのかを熟知していた周りの人々は、その日からキヘンを避けた。その間も自白委員会において再び過去の過ちがいくつか追及されたが、党が要求する厳しい自己批判と相互批判を経て、改善の余地があることを認められたと思っていただけに、キヘンは釈然としなかった。黙って言われたとおりにしようかとも思ったが、中学校や人民学校に通う子どもたちまで巻き込むかもしれない。悩んだ末、キヘンはオム・ジョンソクのもとを訪ねた。

「指導委員同志《トンジ》。異議を申し立てるわけではありませんが、私の派遣地が間違っているようです。三水の協同組合で合っていますか」

「これまで一度でも党の決定に過ちがありましたか」

オム・ジョンソクは入ってきたキヘンを一瞥《いちべつ》してから、再び書類に目を落として言った。

「党の決定に過ちがあると言っているのではありません。誰かと派遣地が入れ替わっているのではないかと思ったもので。私は故郷の定州を希望していましたから」

それを聞いたオム・ジョンソクは書類を下ろした。

「みんな故郷に行ってしまったら、誰が他郷《たきょう》に行きますか。三水にだって人民もいれば労働もある。皆が好き勝手をしたら、社会主義社会とは言えません。本能のままに生きる動物の世界にすぎない。我々は主体《チュチェ》的に生きるべきではないですか?」

「他の人たちは希望したところに派遣されるそうです。もとより平壌に留《とど》まる人もいます。自白委員会で私が告発されたのは事実ですが、解放後に朝鮮民主党で通訳として働いた経歴については明白にさせましたし、戦時中に米軍占領下の定州で郡守《ぐんしゅ》に推戴《すいたい》されていたという悪意ある告発も偽りだと判明しました。私はいままで数えきれないほどの罪を着せられました。しかし今回は、事実上の追放命令以外のなにものでもありません」

「トンムは不平不満ばかり垂れて、配慮されているとは思わないようですね」

オム・ジョンソクが言った。

「もちろんのこと、さまざまにご配慮いただきました。再び詩を書けるようになったのも、翻訳ができるようになったのも、すべて党のおかげです。そのことは充分に感謝しています」

「私の言っている配慮はそれだけじゃない。これまで我が党の破壊宗派《ジョンパ》分子である尚虚《サンホ》と接触して、生き残った者がいただろうか。答えなさい」

キヘンは言葉に詰まった。

「言いたいことがあったら言いなさい」

キヘンはそれ以上返す言葉もなく、指導委員室をあとにした。キヘンが受けた処分は執筆権剝奪と、一週間に一回の現地報告だった。

その頃、明け方になると、隣人たちは、まだ青白い気配が漂う大同江《テドンガン》の畔《ほとり》をぼんやりと歩いたり、立ち尽くしたりしているキヘンを見かけた。あちこちをさまよっている亡霊のような姿は、キヘンが何人もいるのではないかと思わせた。八方塞がりの世界で行き場を失ったキヘンの、批判される自我のように。そうやってじっと立ったまま、あるいは柳の木々の下を行ったり来たりしながら、キヘンは誰かの明白な悪意すらも、自分の運命の一部だと思って受け入れることにした。ただ、詩はあきらめきれなかった。できるだけ最善を尽くそうと思った。

そうしてキヘンは、最後の脱出口になるかもしれない秉道の家の前に立った。

家に入れてくださいよ

朝ソ親善の日の行事は、咸興《ハムン》に到着した翌日の午後、麻田《マジョン》海水浴場にある休養閣《ヒュヤンガク》で開かれた。キヘンの一行は、休養閣の食堂で昼食をとった。公演団が劇場で準備をしていたので、まだ時間に余裕があった。ベーラは海岸を散歩してくると言ってひとり出て行った。ところが行事の時間になっても帰ってこない。道に迷うはずがなかったが、キヘンはベーラを探しに出かけた。彼は海水浴場から遠く離れた西湖津《ソホジン》でベーラを見つけた。ふたりが劇場に戻るとすでに公演は始まっていた。舞台ではシン・アンナムと相方が漫談を行っている最中だった。アンナムは若い男に、相方は老婆に扮し、歯切れのよいテンポで掛け合いをしていた。

「いいかげん家に入れてくださいよ。もう刀《ト》は折《チョル》りませんから」

「何だって?　刀を折る?」

「窃盗《チョルト》ですよ。それはそうと、この家の人はどうしてみんな水商売《スサン》をやっているんですか」

「水商売？」

「おかしい《スサン》なと思って」

「なるほど、たしかに！　おかしい《スサン》な！」

「てっきり物乞いだと思って、赤い扇《チョクソン》であおぐところでしたよ」

「赤い扇《チョクソン》であおぐってのはまた何だい？」

「積善《チョクソン》しようと〔善行を積もうと〕思ったんですよ」

「おう、積善《チョクソン》。そうかい」

「お宅のお孫さんの婿《むこ》になったら、僕の人生は安泰ですね」

「どういうことだ？」

「なぁんも心配いらないってことですよ」

「そりゃそうだ。怖いものなしだ」

「ところで、僕の麺《ミョン》の目玉《モク》に免じて、お孫さんをくれませんかね」

「麺《ミョン》の目玉《モク》ってのはまた何だ」

「面目《ミョンモク》〔顔〕ですよ」

「ああ、面目《ミョンモク》！　いやはや！　いったいそんな比喩はどこから出てくるのやら？」

「お気に召しましたか」

「立派なもんだ」

「ってことは、唐《タン》の扇《ソン》になったんですね？」

「唐《タン》の扇《ソン》だって?」

「当選《タンソン》ってことですよ」

「おう、なかなかやるじゃないか。もし、孫娘の婿。何か食うかい?」

「金歯はどうですか?」

「金歯だって?」

「キムチ〔金歯と同音〕のことですよ、漬け物のキムチ」

「ああ、キムチ! だがキムチといってもいろいろだ。どんなキムチを食いたいか?」

「朝鮮キムチは全部で四十種類ありまして、ここですべて挙げるわけにはいきません。まずは〝ジ(지)〟のつくものからいきましょうか」

「よし! まずは〝ジ〟」

「〝ジ(지)〟のつくものといえば、チャンジ〔大根の塩漬け〕、ソッパクジ〔塩漬けにした大根、白菜、胡瓜のキムチ〕、ナバクジ〔大根と白菜の水キムチ〕、ムチャンジ〔たくわん〕、ペチュチャンジ〔白菜の塩漬け〕で、〝イ(이)〟の音で終わるのは、トンチミ〔大根の水キムチ〕、カクテギ〔大根の角切りキムチ〕、胡瓜《きゅうり》カクテギ、熟カクテギ、鶏カクテギ、牡蠣《かき》カクテギ、白菜カクテギ。次は〝チ(치)〟で終わるもの! トンキムチ〔白菜を丸ごと漬けたもの〕、ポサムキムチ〔白菜で海鮮やナツメ、栗、梨、松の実などを包んだもの〕、プッキムチ〔初物の大根や白菜で漬けたもの〕、醤《ジャン》キムチ、カッキムチ〔からし菜キムチ〕、葱《ねぎ》キムチ、瓢簞《ひょうたん》キムチ、ウエキムチ〔胡瓜のキムチ〕、チェキムチ〔白菜、大根などを千切りにして漬けたもの〕、牡蠣キムチ、鶏キムチ、大根と白菜の水キムチ、菜花《なばな》キムチ、大根キムチ、ヒメニラキムチ、チレキムチ〔寒くなる前に漬けて食べるキムチ〕、キョジャキムチ〔からし菜のキムチ〕、ウェソキムチ〔胡瓜のキムチ〕、魚キムチ、芹《せり》キムチ、蔓万年草《つるまんねんぐさ》キムチ、アミの塩辛キムチがあって……。

「やっぱり〝チ（치）〟で終わるのが多いのう」

「ですね。しかし、その〝チ（치）〟にも、〝良いチ〟と〝悪いチ〟がありまして」

「なら、その〝良いチ〟と〝悪いチ〟を説明してもらおうか」

「青菜を和《ムチ》え、飯を炊《ジェチ》き、針でしっかり縫いつ《カムチ》け、洗い物を湯が《ディチ》き、豚を飼《チ》い、鶏を飼《チ》い、牛小屋で牛を飼《チ》い、萩を折って垣根を作《チ》り、垢染《あかじ》みたものは洗《シチ》い、落ちたものはくっつ《プチ》け、間違ったものは直《コチ》す〝チ〟は、〝チ〟の中でも〝良いチ〟だが……」

「いいぞ、その調子！」

「ごろつき野郎の〝チ〟は顔色《ヌンチ》ばかりうかがう〝チ〟で、欲張り者の〝チ〟は恥知《ヨムチ》らずの〝チ〟。こんなやつらはひどい《キョンチ》目に遭わないことには目を覚まさない、なんとも薄汚れた〝チ〟でしてね。それから、李承晩《イスンマン》〔大韓民国の初代大統領〕の野郎にも〝チ〟がありまして。国を売り飛ばす政治《チョンチ》だからアメリカ野郎はのさばり《ナルチ》、ファッショ独裁統治《トンチ》だから承晩は威を張《パンチ》り、下のやつらは盗み《フムチ》をして上のやつらは搾り取《トゥンチ》り、巡査は人民の頬をはた《ピャムチ》き警察の手先は人民に拳をふるい《チョクチ》、不穏な気配《ヌンチ》がすると非常警戒を敷き《ピョルチ》、私腹を肥やすときも暴れ《ナルチ》火の気は消され《コチ》、どいつもこいつも厄介者《ムンチ》だと悪霊のごとく追い立て、盗賊は逃し《ノチ》無辜《むこ》の民は捕ら《カチ》えられ……。


このようにふたりの漫談は、自然と李承晩政権に対する風刺に移った。歌うように軽快なテンポで正確な言葉をまくしたてるシン・アンナムの才能に、皆が手を叩いて笑った。ふたりが舞台を降りると、今度はベーラが自作の詩「モミの木」を朗読する番だった。まずはピアノの伴奏に合わせてベーラが朗読し、そのあとキヘンが朝鮮語に訳した。

老いたモミの木よ、再びあなたの丘にやってきた。
背の低い木々に囲まれてあなたは立っている。
いつしか頭も白くなったようだ。
なにもあなただけじゃない。昔の面影はもはや何処にも見当たらない。

真夏なのにとてもいい天気だ。
こんな澄んだ朝に、私はあなたを訪ねてきた。
私を迎えるあなたは、昔と変わらず峻厳で聡明だ。
あなたはあらゆることを悟り、心から私を愛してくれる。

昨年の秋だったか、あなたの根っこに
赤らんだ茸《きのこ》が山のようにくっついていた。
この一年、私にもさまざまなことがあった。
悲しみも、喜びも、また愛も。

震える私の胸には多くの詩句があふれ
多くのことに気づいた。

永遠であるはずのものもやがては消えてしまうことに。
そして、かつてなかったものが新たに始まることに。

いまや、あなただけが残った。川の彼方《かなた》にある地を愛する心。
柔《やわ》らかくぬくもりのある毛靴のような茸を履いた、モミの木を愛する心。
ここはまさに私の故郷。それだけは永遠だ。
それだけが永遠に私の詩になるだろう。

こうして朝ソ親善の日の行事が終わり、一行は晩餐の場所に移動した。晩餐は興南《フンナム》港と東海《トンヘ》が一望できる、西湖《ソホ》岬の丘の上にある招待所の食堂で開かれた。階段をのぼっていく間、強い海風に吹き飛ばされないように手で帽子を押さえた。雨を呼ぶ風だと、興南の人は言った。やがて海がどんよりし、海面が荒れ始めた。

晩餐に参席した人を呼名し、そのつど各自がひと言ずつ挨拶をしたために、紹介の時間がえんえんと続いた。初めに咸鏡《ハムギョン》道《ド》作家同盟委員長が話したときはキヘンも誠実に通訳したが、そのうちどれも似たり寄ったりの、いわゆる朝ソ友好のために文化交流を深め、全世界における人民の団結と平和に向かって闘おうという話が繰り返されたため、とくに通訳をする必要もなかった。やがて新興《シヌン》から来たという老詩人の番になった。咸鏡道の訛《なま》りが強いうえにくぐもった声で話すので、何を言っているのか聞き取りにくかったのだが、どういうわけか、ソ連は首領が率いる朝《チョ》鮮《ソン》の主体《チュチェ》的革命課業に干渉するべきではないという最後の叫びだけは、キヘンの耳にすっと入ってきた。ソ連から来た客人の前で言うことではないだけに場内がざわめき、ただならぬ雰囲気を察したベーラは、通訳をしてほしそうにキヘンを見つめた。

　ところが、キヘンが言葉を発するよりも早く、隣に座っていた秉道《ビョンド》が手を挙げて発言権を得た。秉道は、フルシチョフ同志《トンジ》が第二十回ソ連共産党大会でスターリン個人崇拝を批判していたことを想起させつつ、社会主義において主体《チュチェ》性と個人崇拝は別個のものだと言った。彼の発言に、場内はますます騒然となった。朝鮮作家同盟の委員長が公の場で個人崇拝を批判したものだから、主催者は慌てふためいた。司会者は来賓紹介を切り上げ、ベーラの挨拶を聞くことにしようと話題を変えた。ベーラが先に前に出て、キヘンがそのあとに続いた。彼女はまず自分をこのように歓迎してくれた咸鏡道作家同盟に感謝すると述べたのち、戦争で廃墟さながらだった咸興を美しく雄大に再建した労働者を称賛した。次に、その英雄的な姿が戦争の傷跡の上に立っていることを忘れてはならない、それこそが平和への第一歩なのだと指摘したうえで、自分たち作家の使命は、建物の片隅を描写するときにも人民の傷と栄光を忠実に、具体的な形のあるものとして表現することだと言い添えた。

　彼女の挨拶が終わり本格的な晩餐が始まると、場内は徐々に活気を取り戻した。まずはベーラとキヘンのいる円卓から順番に、三色ナムル、ドングリの寒天《ムク》、蔓人参《つるにんじん》焼き、タコとスンデ蒸しなどの料理が運ばれてきた。ところがベーラは酒を少し口にしただけで、料理にはほとんど手をつけず、そのうち、疲れたので早く宿に戻りたいとキヘンに言った。それを聞いた秉道は、食事が終わるまで席を離れないでほしいと頼んだが、彼女は耳を貸さなかった。キヘンはベーラを食堂からほど近いところにある招待所まで案内することにした。外に出てみると、夕方から風を伴って降りだしていた雨がどしゃぶりになっていた。招待所は目と鼻の先だったが、傘があった方がいいと思い、キヘンが引き返そうとしたとたん、ベーラが雨の中を走りだした。傘を取ってくるから待ってほしいとキヘンが大声で呼び止めたが、聞こえないのか聞こえないふりをしているのか、無駄だった。今度はどこに行ってしまうのだろう、そう思うとキヘンも雨の中に飛び込み、彼女のあとを追った。

せむしが寝るように、目をぎゅっとつむって

秉道《ビョンド》の家は遠くからでも目に留まる豪奢《ごうしゃ》な西洋風の建物だった。入り口には警備員がふたり立っていた。玄関を開けてくれた女中に秉道を訪ねてきたと告げると、ちょうど昼寝中だと言う。彼女に案内されて一階の応接間に入ると、食客《しょっかく》のように秉道の家に居候している人たちがいた。たいていがパンソリの歌い手、役者、漫談家などの芸人だった。

「おお、白い石ころトンムじゃないか！　どうしたんだ？」

応接間の椅子に座って碁を打っていたシン・アンナムが、キヘンを見て声をかけた。アンナムはずば抜けた記憶力の持ち主で、日頃から千篇以上の古今東西の詩を諳誦《あんしょう》できると自慢していた。そのためかキヘンには優しかった。

「お元気でしたか」

「せむしが寝るように過ごしたよ」

突拍子もないことを言うアンナムにキヘンはいつも驚かされるのだが、この日も例外ではなかった。囲碁の相手をしていた彼の相方が、キヘンの代わりに受け答えた。

「せむしは仰向けに寝たら背中が痛いし、横を向いたら腕が痺《しび》れるだろ。ってことは、苦しい日々を送ったという意味か？」

「せむしがそんな恰好で寝るか？」

「なら、立ったまま寝るのか？」

「目をぎゅっとつむって寝るんだよ、せむしは。ま、そんな感じで過ごしたってことだ。白い石ころトンムもそうやって生きられたらいいんだが……」

そう言うとアンナムは碁盤《パン》を見ながら、「死に盤《パン》〔場〕を探しに行ったのか、それとも生き盤《パン》〔場〕を避けて来たのか。生きるのは難儀だが、死ぬのも楽じゃない。なかでも囲碁を知るのが難儀だね」と、時調《シジョ》〔朝鮮固有の伝統的な定型詩〕でも詠むようにつぶやいた。解放前にもアンナムは時折、雑誌に時調を発表していた。貧しさや苦しみを漫談調で詠んだものが多かったが、キヘンはすっとぼけた彼の性格がよく現れたものが好きだった。例えば、「靴を哀れに思い　帽子と取り替える／それで靴をかぶっている頭を見て／笑うあなたを私は笑う」とか、「夕陽が赤いわけをいまごろ知った／狂いじみた私に顔向けできず／恥ずかしさで頬を染めるのだ」のようなもの。

しばらくして、若い女性秘書がキヘンのところにやってきた。キヘンはその人のあとについていって二階に上がり、内部を韓国風に装った広い秉道の部屋に通された。綿入りのマゴジャ〔チョゴリの上に重ねて着する服〕を着た秉道が畳《たたみ》の上に座って、蓄音機で〈春香歌《チュニャンガ》〉〔パンソリの代表的な演目〕を聴きながら、開け放した窓から雪景色を眺めていた。彼はキヘンが入ってくるのを見ると、茶卓に座るように目配せし、茶を淹《い》れた。キヘンはレコードがまわり終わるまで待つしかないと思い、熱い茶を口に含んだ。冷たい空気が吹き込んでくるのに、秉道は窓を閉めなかった。やがて灰色の空から再び雪片《せっぺん》が降り始めた。雪かきの音が遠ざかるかと思いきや雪がこんこんと降り、無彩色の静かな風景が目の前に広がった。黙音と無彩色――それはその頃の、キヘンの心の風景と似ていた。あるのは、いかなる意味も見いだせない悲哀のみ。

「先日、タシュケントに副委員長の尹斗憲《ユンドゥホン》を連れて行ったんだが、あれはまずかった。君が行けばよかったよ。それなら通訳で苦労することもなかったのに。ナーズム・ヒクメットも来ていたよ。君は彼の詩を訳したから、会えば話もあっただろう」

蓄音機の音量を下げて、秉道が言った。キヘンはとんでもないと思った。尹斗憲にとってそれは最後の外国旅行となった。帰国した彼を待ち受けていたのは、古い資本主義の残滓《ざんし》に染まったブルジョア作家だという批判だった。誰もがそうやって消えていった。林和《イムファ》も、李源朝《イウォンジョ》も、金《キム》南天《ナムチョン》も、韓暁《ハンヒョ》も。ほんの二十余年前まで、秉道とともに朝鮮プロレタリア芸術同盟の盟友だったのに。キヘンが代わりに行っていれば、彼らと同じ身の上になっていただろう。

「私なんかとても。会議はうまくいきましたか」

キヘンは平静を装って言った。

「シーモノフ委員長自らが徹底して準備していたよ。空港もホテルも新たに建てたって言うんだからね。アカシアとポプラの街路樹に色とりどりの灯りをつけて、二百人を超える全世界の作家たちを迎えたんだ。人種展示場さながらだったよ。三十六か国から来たらしい。彼らが会議場に集まったときは、じつに見物だった」

「タシュケントはどうでしたか。そこでも雪山が見えましたか」

オクシムから聞いた中央アジアの話を思い出して、キヘンが訊いた。

「雪山があるのを君がどうして知っている？　飛行機から雪をかぶったテンシャン山脈を飽きるほど眺めたよ。空港に着いてタシュケントホテルに行ったら、ニコライ・チーホノフがいてね。久しぶりに再会したから話でもしたかったんだが、弱ったことに通訳がいない。それでしばらく探していたら、ちょうど大使館の職員がいたんだ。チーホノフが準備委員会の事務所に戻らないといけないって言うから、その職員に通訳を頼んで、歩きながらあれこれ近況を話したよ。そのうちリンゴの果樹園が見えてきたんだが、チーホノフがこんなことを言いだした。数年前、庭園にリンゴの苗木を植えたんだが、いまだに実がならない。だからリンゴの木に拳を振り上げて、一席弁じたそうだ。早く実をつけろ、それがおまえたちの任務だ、さもないとただじゃおかない、とかなんとか」

「それでリンゴの木は聞き分けられるのでしょうか」

「君たち詩人のやりそうなことじゃないか。ところが、チーホノフが面白いことを言うんだ。彼はリンゴの木が何も返事をしないから、どうやら聞き入れたと思ったらしい。それで得意になってその木を眺めていたら、どうしたわけか、次第に目に入ってきたのはリンゴの木じゃなくて自分だったそうだ。そのとき初めて、実がならない責任はリンゴにではなくて自分自身にあるのだと、つまり、いままでやってきた批判はすべて己の自我に向けたものだったと悟ったんだ。想像してみろ。チーホノフが自我を眺めているところを」

キヘンはその姿を想像した。還暦過ぎの詩人が、己の別の自我を前に批判している光景を。

「それでどうなったんですか」

「どうなったと思う？」

秉道が訊き返した。キヘンは彼の反問する意図がわかった。

「リンゴの木が実をつけたんですね」

「そうだ。だが、なぜそうなったのかわかるか？」

キヘンは何も言えなかった。どう答えても、秉道は間違っていると言うだろう。

「リンゴの木に実がならなくても、なったと書きゃいいんだよ。だろ？　これこそ創造の原理じゃないか。いいか、忘れるな。我々文人は創造者だ。党はそういう人間を望んでいる。ならば、我々はそれを創ればいい。それが我々の文学だ。わかるな？　君は詩でもってその力を見せてみろ」

「自分の運命すらわからないのに、果たして私にそんな力が残っているのか……」

キヘンが語尾を濁した。

「いつも言ってるだろ。感傷的な虚弱さを脱ぎ捨てろと。時代は新しいタイプの人間を望んでいる。そのような人間を創造するのが我々作家だ！　我々は偉大なる創造者だ。私は典型を創っていきたい。解放直後、平壌に入城した若い首領に会って、私はようやく創造者になれた。すべてをこの手で創り上げた。私のペンで。文章はそれだけ神聖なものだ。朽ちた思想が一行でも書かれていれば、人民を汚染させ、この世界を破壊しかねない。これは私が創った世界だ。誰にも壊させやしない。だから私を恨むな。林和《イムファ》だろうと李源朝《イウォンジョ》だろうと、金南天《キムナムチョン》だろうと、誰だって人身《ひとみ》御《ご》供《くう》にできる。ましてや尚虚《サンホ》など、話にもならん。私は私の創ったこの共和国を何としてでも守り抜きたい。君はベーラに詩を送っただろ？　尚虚にそうしろと言われたのか？　それともパステルナークの真似事でもしたかったのか？　くだらない。この共和国は永遠だ。私の文学も同じだ。君には改造の時間が必要だな」

　ようやく秉道の話が終わった。彼に期待するのは無理だとわかった。せむしはどうやって寝るんだったっけ？　キヘンは目を閉じた。そして再び開けた。

「年が明ける前に三水《サムス》に発つので、ご挨拶がてら寄りました。私も労働を通して委員長同志《トンジ》のような紅い作家、新しい時代の創造者として生まれ変わりたいと思います」

　そう言い繕って、キヘンは立ち上がろうとした。そのとき秉道が言った。

「まあ、掛けたまえ。私の話はまだ終わっていない。君は先日、『ノーヴィ・ミール』に載っていた論説を一つ訳しただろう？　ノーベル文学賞を拒んだ変質者、パステルナークを辛辣に批判した論説を。なぜ私があの翻訳を君に任せたか、わかるか？」

　十月末、キヘンは「国際的反動の挑戦的な衝撃」という論説を訳した。パステルナークのことを「狂った個人主義者」「反ソビエト宣伝の、錆びた釣り竿につけられた餌」だと激しく非難したものだった。それがまさか秉道の指示だったとは。

「急に翻訳がまわってきたので、おかしいとは思っていましたが……」

そのときふと、ある考えがキヘンの脳裏をよぎった。

「あ、オクシム。彼女と関係がありますか」

「そうだ。カン・オクシム。自白委員会が開かれた頃、君たちふたりのことで何度も投書が届いたよ。あれだけ噂になっているのに、本人は気づいていない。だからそれとなく教えてやろうと思ったんだが……」

秉道が言った。

その中で一番は愛だから

秉道《ビョンド》の話は続いた。準備委員会の事務所の前でチーホノフと別れてホテルに戻る間、通訳を雇うのがこんなに苦労するとは思わなかったと、秉道は大使館の職員をなじったという。するとその職員は恨みまじりに、数年前に駐ソ連大使が政府の召還命令を拒んで亡命した事件を忘れたのですかと、秉道に問い返した。

「延安派の李《リ》大使のことか？　その話は我々も聞いている。そんな宗派《ジョンパ》主義者もいなくなったことだし、大使館はもっと気を引き締めて仕事をするべきだと思うがね」

秉道が言った。するとその職員は声を潜《ひそ》めて答えた。

「その李大使はですね、留学生たちを掌中《しょうちゅう》に収めていたんです。ここだけの話ですけど……」

スターリン個人崇拝を批判する、フルシチョフの秘密演説に関する諜報を手に入れた李大使は、北朝鮮もこの問題を研究するべきだという報告書を本国に送り、その後、平壌に戻って自ら首領にソ連内の動きについて説明した。首領は個人崇拝の時代が終わったと言う李大使の意見に同意した。もっとも、首領が個人崇拝の対象だと同意したのは、三年前から収監されている朴憲永《パクホニョン》だった。時代の変化を黙って受け入れることも無視することもできないために考え出された苦肉の策だった。その年の八月、全員会議にて、首領の個人崇拝を批判した反対派らがその日のうちに中国に逃亡するという事件が起こった。これを機に党が関係者らを離党させると、彼らとつながりのあった李大使は、中国、ソ連の両国に北朝鮮政府に圧力をかけるように頼み、ひと月後、離党処分を撤回させた。

ちょうどその頃、ハンガリーの首都ブダペストで、憤った市民がスターリンの銅像の頭を壊したというニュースが伝えられた。デモは流血の事態となり、市民とソ連軍の間で銃撃戦が起こった。ハンガリー革命の始まりである。ナジ・イムレが率いる新政権は、政治犯の釈放、秘密警察の廃止、ソ連軍の撤退などの改革案を発表し、ワルシャワ条約機構とコメコンからの脱退を宣言した。この事件はソ連にも北朝鮮にも影響を及ぼした。他の東欧の衛星国にも自由化の波が押し寄せるのを恐れたソ連は、武力でもって革命運動を鎮圧した。北朝鮮ではこのような一連の国際的な動きを、非スターリン化運動による修正主義と規定し、主体《チュチェ》を掲げて唯一指導体制をさらに強化した。これにより、キヘンが再び詩を書き始めた一九五六年の平壌に押し寄せた短い雪解け《オーチェペリ》の波は、激しい逆風にさらされることとなった。

翌年、反宗派《パンジョンパ》闘争の最中に、平壌守備隊の司令官によるクーデターの陰謀が発覚したという噂が広がり、党中央は李大使に召還命令を出した。戻ったら粛清されるのは目に見えていたので、李大使は帰国をあきらめてソ連に亡命した。その知らせは、平素より彼と親交のあったモスクワの留学生らを驚愕させた。その年のモスクワは十月革命四十周年を迎えてお祭り騒ぎだっただけに、故国から聞こえてくるソ連派の更迭、離党、逮捕などの噂は彼らを憂鬱にさせた。七月二十八日にはモスクワで第六回世界青年学生祭典が開催され、百三十か国から三万四千人が集まり、自然とジーンズ、ジャズ、映画「ターザン」のような西欧の自由な文化が若者たちの中に浸透していった。音楽コンテストで一位になった〈モスクワの夜は更けて〉の温かく柔《やわ》らかな旋律のごとく、モスクワはもはや孤立した恐怖政治の首都ではなかった。ソ連の自負心は、その年の十月、人類史上初めて宇宙に人工衛星を打ち上げたことで頂点に達した。

このような変化の真っ只中にあった留学生らにとって、祝典で二人舞「飛ぶ仙女」を公演して好評を得た、崔承喜《チェスンヒ》と安聖姫《アンソンヒ》の母娘の活躍が唯一の慰めであり、北朝鮮は唯一指導体制をいっそう強化し、スターリン主義というおぞましい過去に回帰しているように見えた。モスクワの北朝鮮大使館は留学生らの動揺を防ぐために、十一月下旬、モスクワ大学の講堂で留学生大会を開いた。党中央の宣伝扇動部長もいるその場で、留学生らはスターリン個人崇拝が人民にいかなる悪影響を及ぼしたのかを指摘し、他の社会主義兄弟国家と同じく北朝鮮もまた、個人崇拝から抜け出さなければならないと発言した。これによって会場は大騒ぎになり、大使館は発言した留学生らを逮捕しようとした。彼らは家族が北朝鮮にいるので、亡命は容易ではなかった。ところが、説得に負けて自ら大使館に入り監禁されていたひとりの留学生が便所の窓から脱出したのを機に、亡命ラッシュが起こった。

「モスクワにいた留学生はみんな召還されてしまって、通訳する学生がいないんですよ」

大使館の職員が言った。

「留学生の中にはソ連派の親を持つ者が多いから、宗派《ジョンパ》思想に染まるのは当然だろ。個人崇拝を批判したならさっさと逃げるべきものを、その学生はなぜ自分の足で大使館に行ったんだ？」

秉道が言った。

「その人にはラリサという恋人がいたんです。亡命するときはふたり一緒のはずだったのに、大使館が先手を打ってその恋人を捕まえたんです。愛する者が捕らえられてはどうすることもできないですからね」

「そりゃそうだ。信念と望みと愛の中で一つ選ぶなら愛だろうよ。しぶといやつらの命を手玉に取るには恋人を使うのが一番さ。で、ラリサというのはソ連の女か？」

「いえ。ソ連の公民証を持っている朝鮮《チョソン》の女です。父親がソ連派で。ほら、あの人ですよ、中央党学校の校長をしていた。その女学生は、お父さんを助けたいからって帰国したんですけど。噂によると、父親は排除されたそうですね」

指で首を切る真似をしながら職員が言った。秉道はその父親についてもう一度尋ねた。名前を聞いて彼は頷《うなず》いた。

「やはりオクシムのことか。カン・オクシム。あの子は自殺したよ。死んだ親父の拳銃で。数日前に」

秉道がそう言うと、職員は一瞬、言葉を失った。

「そうだったんですか。あのとき、どうして君は一緒に逃げなかったのかって訊いたら、私は父のもとに行きますからってきっぱり答えるんですよ。なかなか気の強い子だなと思っていましたが。まあでも、出国までの間、私が大使館の二階の部屋を覗きに行くたびに泣いていました。婚約者が逃げたあと、そいつの寄宿舎の部屋を捜索したら、本やノートがずいぶんと見つかって。日記帳とか、詩を書いたノートとかも。彼女にそのノートが欲しいと言われましたが、渡せなかったんです。ところが……」

「それで、婚約者とは会えずに朝鮮に帰ったのか？」

　秉道が職員の長ったらしい話の腰を折った。

「そうです。そいつはソ連に亡命したあと、行方をくらましてしまったので」

「オクシムの父親はソビエト民政庁〔一九四五年十月から翌年二月まで朝鮮半島北部を暫定的に統治していた機関〕の文化科にいたから、戦前〔朝鮮戦争勃発前〕は親しくしていたんだが。私が彼の家に遊びに行ったら、あの子はとても喜んでいたよ。小説家の先生が来たってね。小説家と詩人は先生って呼んでたな……」

「え？　どうして小説家と詩人だけを先生って呼ぶんですか？　私にはいつだってトンムでしたけど」

「そんなこともわからないのか？」

「わかりません」

「まあいい。知っていてもいいことはない」

　そう言ってから秉道はつぶやいたという。小さい頃からずいぶん小説家に憧《あこが》れていたものだが、そうやって死ぬ運命だったんだな、と。

シジミ、夕暮れ時、鬼火、畝といったもの

秉道《ビョンド》の家を出た頃には、川の向こうの野原は赤く染まっていた。もはや何もかも終わってしまったと思いながら凍《い》てついた道を歩いているとき、大雨が降った一年前の西湖津《ソホジン》の夜と、そのときの気持ちが、キヘンの中によみがえった。そのとき、キヘンとベーラは雨音の中にいた。その音に遠近の感覚はなかった。何もかもが遠くの、その音の外側にあった。外側には波の音もあれば、風の音もあったが、雨の音に埋もれて聞こえなかった。日中のじっとりとした蒸し暑さが一気に流された。

招待所の玄関に着いたとき、ふたりはずぶ濡れになっていた。

「雨のことを朝鮮語でなんと言いますか」

髪についた水滴を払い落としながら、ベーラが尋ねた。

「雨《ピ》」

キヘンが短く答えた。濡れたシャツが胸にくっついていた。ベーラが「ピ」と真似た。キヘンは人さし指を立て、上から下へ線を引きながらもう一度言った。

「雨《ピ》。雨《ピ》はこうして長く落ちる音のことです」

ベーラはその動作を真似た。

「なら、風と海はどう言うの？」

キヘンは手の甲を口もとに寄せて言った。

「風《パラム》。風《パラム》と言ったら、こうして風が起こるんです」

ベーラがまたその動作を真似た。

「それから、海《パダ》と言えば、朝鮮の人たちは……」

彼は手を挙げて、闇の中の東海《トンヘ》を指した。

「自然と遠くを見てしまうんです。海《パダ》は、遠くを眺めよという音です」

ベーラはキヘンが指すところをじっと眺めた。ふたりの前に黒い闇が広がっていた。海はその闇の中にあった。キヘンは黒い灯りを吊るした黄色い済州島《チェジュド》からの船を眺めていた、ある年の夏を思い出した。愛を失ってさまよっていた頃のことだ。どこで何を聞いたのか、出所後、咸興《ハムン》で印刷所を営んでいた秉道が、しょっちゅうキヘンの下宿を訪ねてきたものだった。その頃、キヘンは咸興の演劇人らとつるんで、本町通りや大和町はもちろん、本宮《ボングン》や興南《フンナム》、西湖津を経て三湖《サムホ》にまで足を伸ばし、飲み屋を逍遥《しょうよう》していた。そのとき食べたアワビの刺身、明太の塩辛、アユの塩辛、スケトウダラ汁、カレイの入った刺身麵《ククス》、ナマコの煮込み汁、毛ガニ入りの緑豆ところてんなどの味は、いまだその余韻が口の中に残っている。そうして東海岸の土地勘が身につくと、今度はひとりで内陸の方に足を踏み入れた。インクラインの軽便鉄道に乗り、海抜千二百メートルにある黄草嶺《ファンチョリョン》駅を見て、雪峰山《ソルボンサン》の帰州寺《クィジュサ》にある大きなかまども見て、新興《シヌン》の山間ではトラックで長津《チャンジン》の地から持ち込まれた二十桶以上の蜜蜂の巣箱も見て、白い夕顔の咲いた屋根に向かってスズメガが飛ぶのを見てまわったのが、ちょうど二十年前だった。彼の経験したことはすべて、美しい言葉となって残っていた。

「私もかつて詩を書いていました。ところが、それらの言葉が次第に消えていくんです。食べ物の名前も、昔の地名も、訛《なま》りも……。廃墟に転がっている煉瓦《れんが》の欠片《かけら》みたいに、言葉が壊れていくのです」

その上に、新しい社会主義共和国の詩が建設されていた。新しい詩は、あらかじめ工場でつくられた壁体《へきたい》を積み上げて共同住宅を建設するように、限られた単語と、型にはまった表現しか使えなかった。「我々は誇りに思う　朝鮮労働者階級の名のもとに／プロレタリア国際主義の旗幟《きし》を／その旗幟の下で手を取り轟《とどろ》かせた／無尽で無敵な偉大なる力を！」と謳い、また「私はいま一度感じる／努力の成果がいかに大きいかを／英雄の地、このような国に生きるという幸福／心臓の中に芽生える瑞々《みずみず》しさを」と叫ぶ詩。そこにはシジミ、夕暮れ時、鬼火《おにび》、畝、陽だまり、圃《はたけ》のような言葉は入る隙もなかった。新しい共和国の若い詩人たちはキヘンの詩を、古い美学的な残滓《ざんし》に浸ったブルジョア的な個人趣味だと批判した。彼らはキヘンに、やさしい言葉で書け、個性を発揮するな、文章に凝るな、と忠告した。

「昼間に見た、小径《トロピンカ》の先にあった修道院の風景を覚えていますか」

ベーラがバッグから煙草を取り出し、口にくわえて言った。湿ったマッチは何度擦っても火がつかなかった。キヘンはマッチを受け取って火をつけた。その日の昼、ベーラを探しに海水浴場の果てまで行ったが、彼女の姿はなかった。その先には大きな島と小さな島があった。陸続きの小さな島には日本統治下に建てられた神社を壊してつくった公園があったので、そこまで行ってみた。そこで振り返ると、松林の中に小径《こみち》が見えた。その小径にベーラが立っていた。キヘンが歩み寄ると、ベーラは十字架が取れ、屋根も崩れた修道院を見つめていた。

「あの径《みち》を〝トロピンカ（тропика）〟というんですね。ずいぶん昔、あの小径で楽隊が讃美歌を演奏していたことがあります。徳源《トグオン》のベネディクト神学校の学生たちでしたが、夏だったので海のそばの修道院を訪ねたんでしょう。海辺に茣蓙《ござ》を敷いて寝転んでいた私の耳に、ブオーン、ブオーンとラッパの音が響いてきました。〈主よ、人の望みの喜びよ〉というカンタータでした。アマチュアの稚拙な演奏でしたが、私はそのラッパの音にずっと耳を傾けていました。もう何もかも廃墟になってしまいましたけど。いまじゃ私の見る森はがらんとしているんです」

〈主よ、人の望みの喜びよ〉という曲名を口にするなり、螺旋《らせん》階段をのぼっていくような旋律が、キヘンの記憶のどこかで響いた。咸鏡道《ハムギョンド》の神父と修道女たちは皆、戦争が始まる前に逮捕された。彼らのうち何人かはもうこの世の人ではないだろう。それなのに、その日の深みのある旋律はイデアのように残っていた。

「がらんとしている森を見るのも詩人だし、廃墟が詰まっているのを見るのも詩人です。私は、廃墟からかつての愛を見つけたくて詩を書いています。ヘルマン・ゲーリング率いるドイツの爆撃機が六百機も飛んできて砲弾を浴びせたとき、スターリングラードは永遠に燃え続けるんじゃないかと思ったわ。何もかも毀《こわ》れてしまった。夜は昼のように、昼は夜のように。水は火のように、火は水のように。悪が善になり、善は悪になる。それはまさに戦争、地獄の風景でした。そうして数か月後、消えるはずがないと思っていた火が消えたとき、都市は完全に廃墟と化したのです。その廃墟を見つめること、それが詩人のすることじゃないかしら?」

ベーラが言った。

「私は一九二四年に生まれました。その頃の世の中には、つねに私より先に死んでいく者がありました。私にとって戦争とは、愛してやまないものが殺されること。戦争は人類がしでかす最も愚かな行為だけれど、その代価となるものは決して愚かではないわ。私たちは死について考えずに、生を語ることはできるかしら? 戦争を考えずに平和を、傷のことを考えずに回復を歌うことはできますか? 私は死に、戦争に、傷に、責任を感じます。あなたの中で朝鮮語の言葉が死につつあるなら、その死に対してあなたは責任を感じるべきでしょう。日々、死について考えるべきです。朝から晩まで死について考えるべきです。そうでないと、生きているとは言えません。来る日も来る日も、死にゆく言葉について思いを巡らせてください。それが詩人のするべきことだから。朝起きたら顔を洗うように、毎日必ず」

赤く燃える夕焼け空をぼんやりと眺めながら、キヘンは薄暗い中でベーラの煙草の火が燃えていたのを思い出した。また、昨年の秋にオクシムと一緒に見た火を思い浮かべた。少し前まで誰かが暮らしていたはずの家に燃え移った火。戸を燃やし、柱を燃やし、屋根を燃やした火。そのときキヘンは、自分の知っている世界がそうやって燃えているのだと思った。初めはウイルスと病原菌が燃え、やがてその火は宗派主義《ジョンパ》と古い思想に燃え移り、ついには数行の詩句を得るために念入りに文章を手直しする詩人と、麦わら帽子をかぶってビールを飲みながら潮の匂いがする海辺をひとり歩くのにちょうどいい夜と、気高い憂いと悲しみのある孤独な人を思う心が、燃えるだろう。そうやって燃えてしまうと、二度と燃える前の世界に戻ることはできない。もう、誰も。そうして一九五八年十二月の陽《ひ》が沈んだ。

無我に向かう公務旅行

蔵焼けて　さはるものなき　月見哉《かな》

――水田正秀

遠くからいびきが聞こえてきた。キヘンはその音にゆっくりと目を覚ました。そして毛布を引っ張り上げた。毛布から小便と汗のにおいがした。暗闇の中で障子が仄《ほの》かな光を放っていた。ここは旧馬山《クマサン》だろうか、それとも統営《トンヨン》……？　そんなことをつぶやいているうちに、いましがた見たものは夢の中の世界であり、いま自分がいるのは昨夜、寝所を求めてさまよった末に入った鉄道病院の病室だということを思い出した。吹雪の中をさまよいながら、選《え》り好みをしている余裕がなかったキヘンはとりあえず病院に入ったのだが、思いもよらぬ温かいオンドル部屋だったので、患者に囲まれているのも忘れてぐっすり眠った。

夢の中ではふたりの男が道を歩いていた。ふたりは同じ女性に恋をしていた。それなのに愉快に笑っていた。そこには悲しみもつらさもなかった。春はもうすぐそこまで来ていた。ひとりが「それだけか？」と言うと、もうひとりが「それだけだ」と真似た。ふたりは顔を見合わせ、腹を抱えて笑った。その様子が楽しそうだったので、もう一度その夢を見たいと思ったが、いったん目が冴えてしまうとなかなか寝つけなかった。キヘンは、時折叫んだり呻《うめ》き声をあげたり寝返りを打ったりする患者たちの間で、ただひたすら眠くなるのを待った。

鞄に入っている公務旅行証では、キヘンはいまごろ恵山《ヘサン》に着いているはずだったが、雪崩《なだれ》で列車が止まり、白岩《ペガム》駅で足止めを食らった。白岩は海抜千五百メートルに位置する山村で、そこから雲興《ウヌン》郡へ行くには高い峠を越えなければならない。機関車は白岩駅で客車の半分を切り離してからスイッチバックの区間を通って嶺下《リョンハ》駅まで行き、再び白岩駅に戻ってきて残りの客車を運んだ。それだけ険しいところで、しかも九月末から五月初旬までは雪が降り積もるので、白岩鉄道本局の線路班員にとって冬を越すのは並大抵のことではなかった。

しかし、雪があるからこそ両江道《リャンガンド》の過酷な冬を乗りきることができた。キヘンは夜更けに時折、グイマツ、チョウセンカラマツ、エゾマツの森へ行った。森の中で耳を澄ましていると、小さくて軽いものが降り積もる音が聞こえ、時にはその重さに耐えられずに枝が折れる音が聞こえることもあった。そんな夜は、宿に戻ってもなかなか眠れなかった。目を閉じると、雪片《せっぺん》のように見過ごしてきた人生の些細なことが、時間という埃《ほこり》をかぶって彼の心にのしかかった。なぜそうしなければならなかったのか。また、二年前に翻訳したニコライ・クンの『ギリシア神話集』に出てくる「仕事と日」という詩が思い出された。その詩の中で詩人ヘーシオドスは、これまでの歴史を、黄金時代、銀の時代、青銅時代、英雄時代に分けたのち、五つ目の時代である現代を〝鉄の時代〟と呼んだ。

五つ目の時代はいまもこの地上で存続している。人々は昼夜を問わず重労働と苦しみに苛《さいな》まれ、そのやむ時はなく、神々は人間に手に負えない心痛を与える。じつのところ、神々は悪に善を混ぜたが、やはり何処も悪が幅を利かせている。子どもは親を敬わず、友は友に信義がない。旅人は歓待されることなく、兄弟同士に愛情は感じられない。人々は一度誓ったことを遵守せず、真実と善行を高く評価しない。互いの領域を侵す。至るところに暴力が蔓延し、驕慢《きょうまん》と力が優位に立つ。良心と公平な審判の女神らは、人間を見捨ててしまった。この女神らは白い服に身を包み、不死身の神々に向かって誉《ほま》れ高きオリンポスへと舞い上がり、人間には堪《こら》えがたい不幸だけが残った。かくして人間には悪を遮るものがまったくなくなった。

なぜそうしなければならなかったのかと問うキヘンに、二千六百年前の詩人が答えた。それは我々が〝鉄の時代〟に生きているからだ、と。だから時代に挫折しても人を憎むな、と。運命によって不幸になり病に冒されても、自虐的になってはいけない、と。

〝Ne pas se refroidir, Ne pas se lasser（冷淡にならないで、くたびれないで）〟。優しい俊《ジュン》の声が聞こえた。〝その気があるなら行動しろよ〟。野心家の弦《ヒョン》の声が聞こえた。たとえ人間に近づくときに気づかれぬよう、不幸と病の話す力がゼウスに奪い取られたとしても。だから言葉を知らない不幸と病の前で、詩人の書いたものなど無力で何の役に立たないとしても。先代の失敗を繰り返す人間は、肺病で死にゆく父親を前にいかなる表情も作れない娘のような境遇だとしても。たとえそうだとしても。

まったく違う〝私〟になる最後の機会

文学新聞社で「現地派遣作家の座談会」が開かれたため、キヘンは三水《サムス》の館坪《クアンピョン》協同組合に派遣されて以来、一年ぶりに平壌に行ってきたところだった。年が明け、四十九歳になった。孔子が天命を知ったという歳《とし》が目前にまで迫っていたが、彼にわかるのは、以前ほど心が乱れなくなったということ。老いた身体はすぐに疲れるので、心の方はいつも後まわしだった。おかげで四十九歳の試練は身体が独占していた。そうやって日々を送っていると、自分の心がいまどういう状態なのか考える余裕すらなかった。だから、座談会でこの一年を回顧せよと司会者に言われたとき、キヘンはなかなか言葉が出てこなかった。すると司会者は「昨年のいまごろは、両江道《リャンガンド》の寒さがずいぶん身体に堪《こた》えたと言っておられたが！」と助け船を出した。

「寒さよりも、心の試練が大きかったと思います。革命的な現実の中では、高揚感を覚えることが何よりも大事です。私の場合はとくにそうです。人民の中に自分を位置づけること、それが私の課業でした。とくに精神的な生活を送っている作家にとって、労働を通してそれを体得するのがいかに難しいか、強いて言わずともおわかりでしょう。この一年を振り返ってみると、最初の抱負を達成したと私の口からは言えませんが、ともかく、とても貴重な年だったと身に沁みて感じています」

　思いつくままにしゃべっただけだったが、文学新聞の主筆はそれが気に入ったのか、あるいは三水からほど近いところにあるためか、座談会が終わったあとキヘンを呼んで、最近完成した三《サム》池淵《ジョン》スキー場についてのオーチェルク〔ロシア文学におけるジャンルのひとつ。記録文学、ルポルタージュ〕、つまり現場報告の執筆を任せたいと言った。また彼は、キヘンに「最後の機会だと思いなさい。三水で一年も苦労したら、何か感じるものがあるでしょう。今度のオーチェルクに登場する一人称の〝私〟は、いままでのトンムとはまったく違っていることを期待しています。何もかも捨ててしまいなさい。すべて捨て去った澄んだ目で三池淵を見つめたら、何か新たに見えてくるものがあるはず。それについて書けばいいのです。そうすれば我々はトンムの思想が変わったことに気づき、トンムはこれからも詩を書いていける」と言った。キヘンは少しずつ明るくなっていく障子を見つめながら、主筆の言った〝最後の機会〟ということについて、また、これまでの自分とはまったく違った一人称の〝私〟について考えた。

　そのときふいに、白い戸を背景に赤提灯《あかちょうちん》を吊った料亭に向かって同僚の記者弦《ヒョン》と一緒に川辺を歩く、一九三五年の夏の自分が映画の主人公のように浮かんだ。そのときは二十四歳で、ソウルで、初恋だった。これまで何百回も思い出した場面だった。絞首台の前に立ったチェコの共産主義者、ユリウス・フチークがそうであったように。彼の著作『絞首台からのレポート』をキヘンが読んだのは、一九四七年のことだった。その頃キヘンは、政治から距離を置いて本業に専念するために、東大院《トンデウォン》にある自宅に引きこもって読書と翻訳に没頭していた。そんなある日、数人の保安局員が家に押しかけてきて、彼を逮捕した。某所に連れて行かれたあと、逮捕された理由が、先日、南に行った薫《フン》と関連があることを知った。薫は青山学院英文科の後輩で、平壌ではソ連軍の公報室に勤めていたが、南に行ったのちは米軍側の通訳官となった。その彼が米ソ共同委員会に来ていたと、保安局員らが憤慨していた。そのことで薫に関わりのある者は皆、取り調べを受けていた。

困ったことになったが、哈爾浜《ハルビン》を脱出した薫が自分を訪ねてきたとき古堂《コダン》〔曺晩植《チョマンシク》〕に会わせただけで、その後、ソ連軍の公報室に彼を入れたのは朝鮮民主党なので、大した問題ではないだろうとキヘンは思っていた。ところが薫は、米ソ共同委員会でソ連側の用語を問題視したというのだ。ソ連側は北朝鮮の通訳者らに言われたとおり、他の政治家のことは〝指導者〟という意味で〝リーディル（лидер）〟と呼んだが、首領だけは〝領導者〟という意味を込めて〝ルカヴァディーチリ（руководитель）〟と呼んだ。薫は、ソ連軍傘下の政党、社会団体、労働団体などは所詮、操り人形にすぎないから、首領を領導者として仰ぐ者などいるはずがないと言い、ならいっそのこと〝ルカヴェルディーエ（рукоблудие）〟と呼ぶのはどうかと言ったために会議が中断したという。〝ルカヴェルディーエ〟、それは自慰行為を意味した。薫らしい発言だった。

薫の不敬罪の巻き添えを食うことはないだろうと思いつつも、キヘンは無性に恐ろしくなった。

家で心配している妻と子どもの顔が真っ先に目に浮かんだ。電灯のついた明るい待機室で、自分がいかに弱い存在なのかを一日に何度も実感させられていたその頃、ユリウス・フチークの本がキヘンを慰めた。フチークは処刑の日が来るまで監獄で書き続けた。死の波が足もとにまで押し寄せてきても、いかなる修辞も虚勢もなしに節制を重ねた。一瞬たりとも自分の悲しみや苦しみを見せなかった。毅然としたその姿勢はとうてい真似できるものではなかったが、キヘンはこの世にそんな人が存在したことを知っただけで、大きな勇気をもらい、慰められた。

その後もキヘンは何度も不意に逮捕され、尋問を受けた。党の疑いが晴れるまで、彼は小さく、また小さくなるしかなかった。そのたびに、その本の最後の部分を胸の奥に抱いた。「現実の中に観客はいない。最後の幕が上がる。人々よ、私はあなたたちを愛している。目覚めていてほしい！」その次は序文を思い起こした。逮捕されたフチークは両手を膝《ひざ》にのせ、背筋を伸ばして直立不動の姿勢で座ったまま、かつてペチェック銀行の建物だったホールの黄ばんだ壁に視線を定めた。ゲシュタポらはそのホールを〝屋内拘禁室〟と呼んだが、なかには〝劇場〟と言う人たちもいた。そこを劇場と呼んだのは言い得て妙だった。

広いホールに長い椅子が六列並んでおり、取り調べを待つ人たちが背筋を伸ばして座っていた。尋問に、拷問に、死に、呼び出されるのを待っている間、彼らは目の前の白い壁を凝視した。やがてその壁はスクリーンになり、ひとりの人間の全生涯を、あるいは忘れられない瞬間を収めた映画を、つまり彼の母親と妻、子どもたちが出てくる映画を、崩壊した家庭や毀《こわ》れた人生を撮った映画を、繰り返し映した。拷問を待つ人たちはそれぞれ、白い壁に映し出される自分だけの映画を観た。フチークによると、それは勇敢な同志や裏切り者の映画、彼が反ナチのビラを配った人についての映画、再び流れている血の映画、彼が信念を貫けるようにしてくれた固い握手についての映画など、どれも恐怖と勇敢な決断、憎悪と愛、怯《おび》えと希望に満ちたものばかりだった。

不意に逮捕され、待機室に座らされるたびに、キヘンもフチークと同じような経験をした。白い壁はスクリーンとなり、まずは狐谷《きつねだに》のばあちゃんとじいちゃん*が暮らす本家に、新里《シルリ》のおばの娘李女《イニョ》と、土山《トサン》のおばの娘承女《スンニョ》、息子の承童《スンドンイ》*、きなこ餅、松皮餅、豆餅と、豆腐、豆もやし、ワラビ、豚の脂を、さらにその上に、うず高く雪の積もった臘日《ろうじつ》〔大晦日〕の夜と、張り紙の小さなガラス窓から覗き見るこびとの軍兵の真っ黒な頭と真っ黒な目玉、また、小魚を捕まえるのが上手な出っ歯の酒幕《チュマク》〔安宿、飲み屋〕の同い年の息子ポムと、商人らのあとについてきて母の乳を飲む仔馬と、むっとした干《ひ》潟《がた》のにおいと白山菊《しらやまぎく》の匂いを、広げてみた。そしていままた記憶は、白い障子に一九三五年のことを映し出していた。外が完全に明らむまで、何回も、何十回も。

ワカメの茎のように、牡蠣《かき》の殻のごとく

一九三五年、キヘンは二十四歳だった。その年の六月に結婚した俊《ジュン》が統営《トンヨン》にある妻の実家に挨拶に行くと言うのを聞いて、キヘンは羨《うらや》ましく思いつつも、とくに気に留めていなかった。初めての詩集を出すためにこれまで書いてきた原稿をまとめていた頃だったので、頭の中はさながら辞書と原稿の入った鞄のようにそのことでいっぱいだった。原稿の束の中には、青山学院卒業を控えて伊豆半島を旅行したときに書いたものもあったが、詩になるか小説になるか、そもそも使いものになるかどうかもわからなかった。川端康成の『伊豆の踊子』がその小旅行のきっかけとなっていただけに、キヘンは小説を念頭に置いていたが、「稗史的な娘《はいし》」も「物乞い旅芸人村に入るべからず」という立札も見なかった。ただ、海辺の哲学者が物思いに耽《ふけ》るように、顔を上げて屹立し耳を澄ましている犬たちと、遠い親戚にあたるおじさんの葬儀に集まった貧しい一家のようなカラスたちと、海に生まれて海辺で砂の城をつくって海に喧嘩《けんか》を売る子どもたちを見ただ

けだった。彼らは人生の波に押し流されるひ弱で小さな存在だというのに、怖いもの知らずだった。そのうちの一つが海辺の町、柿崎で見かけた娘だった。原稿の束の中にある彼女の印象はぼんやりしていた。その頃、キヘンが数年来書いてきた原稿をまとめているのを知った俊は、はっきりわかるまでは書いてはいけないという忠告をしたり、またある日は〈Ne pas se refroidir, Ne pas se lasser〉（冷淡にならないで、くたびれないで）と書いたメモを渡したりした。

　数日後、新聞社の同僚で、俊の妻の兄でもある弦《ヒョン》が「〝鶏林《ケリム》〟を売っているところを見つけた」と言うので、キヘンは川辺の料亭までついていった。編集局の李殷相《イウンサン》から鶏林は馬山《マサン》の銘酒だと聞いていたキヘンは、その酒を一度飲んでみたいと思っていた。できれば馬山に行って酔えたら一番いいのだけれど。見たことのないものを人は恋しく思うのだろうか。キヘンにとってはまさに南海《ナメ》がそうだった。鶏林を飲む前から、彼は恋しさに酔いしれていた。私の故郷は南の海、その蒼《あお》い水が目に見えるよう……。南海の酒を飲み干し、キヘンは李殷相の詩を詠んだ。

「詩集の準備はうまくいってるか？　出版社は決まったか？」

　キヘンが詩を口ずさむのを聞いたのか、魚汁《センソングク》のクロソイの身にかぶりつきながら弦が尋ねた。

「それほど読まれなくてもいいし、有名になりたいとか金を稼ぎたいとも思わないから、二、三百部ぐらいでいいんだけど、どこか出してくれる出版社はないかな」

　お通しの塩辛を箸でつまんで食べながら、キヘンが言った。

「出版社が見つからないと自費になるもんな」

「金は別にどうだっていいんだ。詩集さえちゃんと出せたら」

「その、ちゃんとっていうのが怖いんだよな。今度はどれだけ使うつもりだ？」

キヘンは素知らぬ顔をした。弦はふだんからキヘンの金遣いの荒さに驚いていた。お金の話などしてもキヘンは聞き流した。

「題名は？」

弦が話題を変えた。

「詩集の名前か？　〝黄昏《たそが》れた六月の水仙〟にしようかと思ってる」

キヘンの返事に弦は目を大きく見開いた。

「水仙？　黄昏れた六月の水仙だって？」

水仙なら、しかも六月の水仙なら、ふたりには共有している記憶があった。霧雨《きりさめ》が降っていたその年の六月の蒸し暑い夜、俊の結婚披露宴があるというので、ふたりは彼の外祖母《がいそぼ》が営む楽園《ナグォン》洞《ドン》の長安《チャンアン》旅館を訪ねていった。そこの一室に統営出身の女学生たちが集まっていた。弦とキヘンが音を立てて部屋の中に入ると、彼女たちは一斉に口をつぐんだ。彼女たちの好奇心に満ちた視線は、統営の学校に通っていたときから先生〔新婦の姉〕の弟としてよく知っていた弦より、新顔のキヘンに向けられていた。弦が気さくに冗談を言うと、彼女たちの顔に笑みが浮かんだ。キヘンはその中のひとりから目が離せなかった。髪が黒くて目が大きく、鼻が高くて首が細く、すらっと背の高い人だった。彼はひと目惚れしてしまった。

翌日、キヘンは会社で顔を合わせた弦に、「昨日、旅館で会った、あのチョニという女学生のことだけど」とそれとなく尋ねた。弦はきょとんとした顔で、「誰のことだ？　あの部屋にいたのは一人、二人じゃないだろ」と訊き返した。今度はキヘンが怪訝な顔をした。キヘンの目に留まったのはひとりだった……。そんな噛み合わない話をしているうちに、統営の方言で娘を意味する〝チョニ〟という言葉を、平安道《ピョンアンド》出身のキヘンが娘の名前だと勘違いしていたことがわかった。そのとき弦が「水仙の花にも比肩《ひけん》する美人を、ただ〝娘《チョニ》〟と言っても誰のことかわからないだろ」と言ったのだが、キヘンはそれを覚えていたのだった。

「詩集を捧げるなんて、すごいプロポーズだぞ。詩はもう書いたのか？」

「いま題名を思いついたから、これから書くんだよ」

キヘンはけろりとして言った。

「それはそうと、本当にあの子が気に入ったのか？」

弦がそう訊いても、キヘンは酒を飲むだけで返事をしなかった。

「気に入ったんじゃなきゃ、お節介はいらないな。僕は小さい頃からあの子を知っているし、いろいろ教えてやれるんだが……。君にその気がなけりゃ、僕が乗り出してもいいか？」

弦がからかうので、キヘンももったいぶってはいられなかった。そうしてキヘンは、その女学生について詳しく知ることができた。外祖父《がいそふ》は統営で名の知れた大地主だったこと、叔父は若い頃から独立運動に身を投じた著名人で、いまは朝鮮中央日報の専務をしていること、叔父と同じく日本に留学していた父親は統営青年団で活動していたが、数年前に肺病で亡くなり、その後は忠烈祠《チュンニョルサ》の近くの家で母親とふたりで暮らしてきたこと、父親に似て聡明で、ソウルの梨花《イファ》女子専門学校に通っていることまではいいのだが、残念ながら胸を患《わずら》い、病弱なところも譲り受けているということ。

「そうか……、だから会うなり柿崎のあの子を思い出したんだな」

キヘンが頷《うなず》きながら言った。

「カキザキ？」

柿の木が多い谷間だろうと思いながら、弦が訊いた。

「去年、青山学院を卒業する前に伊豆半島を旅したんだ。下田《しもだ》近くの半島の先に柿崎という漁村があってね。そこで泊まった旅館に、転地療養も兼ねて来た老人と、その老人の世話をしている若い娘が逗留していた。その日の夕膳にマグロの刺身が出たんだけど、胸を患っていた老人が好物なのに食べられないマグロを前にぽろぽろ涙を流し、部屋の中に閉じこもってしまったんだ。ところが、そばにいた娘は顔色を変えないんだよ。そのときは、なんて非情なんだと思ったね。死を恐れる父親に対して思いやりのかけらもないなって。でも、いまの話を聞いていると、それはひょっとしたら恐怖に怯えていたのかもしれない。いずれ自分に襲いかかる病と不幸を、父親の中に見たんだから。ああ、これは詩になるな」

何を言い出すのかと思って聞いていた弦は、ため息をついた。

「統営の娘の話から伊豆半島とは、えらく遠くに飛ぶもんだな。まったく、君の頭の中には詩しかないらしい。それで、統営の娘に気があるのか？　どうなんだ？」

「気があってもなあ」

「気があるんだったら行動しなきゃ」

「行動？　行動って？」

「君ってやつは。柿崎に行って、柿が落ちてくるのをただ待つつもりか？　それなら君は黙って見てろよ。僕がなんとかするから。いい考えがある。俊が統営に行くときに、僕たちもついて行こう。一緒に行って、その娘の家の人たちにも会って、統営見物もして、書いた詩を渡したら、その娘も心を動かされるんじゃないか？　どうだ？」

　目標ができるなり、弦の目は輝いた。そんな自信満々な態度は、彼の美点の最たるものだとキヘンは思った。そのときはそうだった。この世の中には美しいものがひしめいていた。暖かいもの、好きなもの、優しいもので。喩《たと》えて言えば、よく飼い慣らされた豚のようにおとなしく、南の国の山麓《さんろく》のように柔らかなものに満ちていた。そのときはまだ、この世はすべて表裏一体になっていることを、愛があればその裏には憎しみがあり、楽しさと苦しさは切っても切り離せないものだということを知らなかった。そんな弦の堂々とした態度の裏面に、世の中への怒りと、自分自身に向けた重い暗鬱《あんうつ》が隠れていようとは、思ってもみなかった。だから、弦が「僕に任せろ。俊みたいに、僕が君とその娘の仲を取り持ってやるから」と言い、訪ねて行った統営で、キヘンは「かつて統制使《トンジェサ》*がいたという古い港の娘たちには　昔ながらの千姫《チョニ》という名が多い／ワカメの茎のように乾いて　牡蠣《かき》の殻のごとくもの言わぬまま愛して死ぬという／この千姫《チョニ》のひとりに　私はある古びた客主宿《ケクチュチプ》*の　魚の小骨がある板の間で会った／黄昏れた六月の浜辺では　貝も鳴く日暮れ時　サザエの油皿《あぶらざら》が仄《ほの》かに赤い庭に　海苔《のり》の香りがする雨が降っていた」と詩を書きながらも、彼のことを信じていた。固く。それから時が流れ、再び秋が訪れ、冬が過ぎ、また春がやってくるまでは。娘の家がキヘンの母親のことで結婚に反対している間も、そして一九三七年四月のある日、咸興《ハムン》の永生《ヨンセン》高等普通学校で英語の教師をしていたキヘンの代わりに、その娘の家族を説得しに行った弦が、統営でその娘と結婚したという、とうてい信じがたい知らせを聞くまでは。その瞬間、キヘンがそれまで信じてきた世界は一気に崩れ、その後の人生は、なぜそうならなければならなかったのかと、繰り返し自分に問いかけるだけになった。

恵山《ヘサン》は峰の向こうに

　厚い綿入れの服を着た年寄りたちが縁側に座って煙草を吸いながら、透明な青空の下に広がった銀世界を眺めていた。同じ病室でキヘンとひと晩をともに過ごした人たちだったが、患者と呼ぶにはあまりに健康そうに見えた。

「ひと晩でずいぶん積もったなあ」

「一尺はゆうに超えてるなあ」

　両江道《リャンガンド》の老人なら雪なんてうんざりだろうに、新たに積もった雪だからだろうか、子どものように喜んだ。ところが、彼らはキヘンを見たとたん無表情になり、無駄口を叩いていた口をつぐんだ。

　駅前の道路では、ちょうど鉄道部隊員らが除雪作業をしているところだった。彼らはシャベルと鋤《すき》を使って、沿道に人の背丈ほど高く雪を積み上げた。捺《お》された足跡を踏みしめながら、キヘンは白岩《ペガム》駅まで歩いて行った。待合室は、列車の運行再開を待つ乗客たちであふれていた。黄色い肩章《けんしょう》をつけた海軍少尉、赤ん坊をおぶり手にスケトウダラを数匹持った黒い木綿チマを着た女、やかんの中でぐらぐら沸いている燕麦《えんばく》茶を売る服務員、誰かの足に蹴られるたびに甲高い鳴き声をあげる子豚……。キヘンと同じように、前日の急な積雪で列車が止まり、恵山《ヘサン》に行けずに白岩で足止めを食らった人たちだった。

　切符売り場に行って恵山行きの列車がいつ出発するのか尋ねても、駅務員はわからないと言うだけだった。どうなっているのか、いつになったら列車が出発するのか、知っている人はいなかった。にもかかわらず、交通統制や停電、非常召集、特別生活総和〔全人民に課せられた生活態度の批判集会〕などに慣れてしまっているせいか、誰もが従順な羊のように指示が下りるのをじっと待っていた。キヘンは彼らのように無気力になりそうな気持ちをどうにか引き締めた。何があっても三池淵《サムジヨン》スキー場に関するオーチェルクを、締め切りに間に合わせなければならなかった。

　文学新聞の主筆が言ったように、この取材はキヘンに与えられた最後の機会だった。しかも作家同盟の委員長である秉道《ビョンド》の配慮があったからだと、主筆はひと言つけ加えた。それを聞いてキヘンは、平壌で秉道に門前払いされた悲しみを少しは拭《ぬぐ》い去ることができた。主筆は「朝鮮人民軍は抗日パルチザンの継承者である」という題の小冊子をキヘンに渡しながら、抗日武装闘争と関わりのある三池淵革命戦跡地への首領の関心は非常に大きい、そのことをよく考慮せよ、という助言までした。もし、今回も党の関心を引くことができなければ永遠に忘れ去られるだろう、とも言った。それが何を意味するのかわかっていながらも、キヘンは不安だった。弦《ヒョン》だったらどうするだろう。彼ならうまくやるだろう。大雪で足止めを食ったことを三池淵休養閣《サムジヨンヒュヤンガク》と館坪《クアンピョン》協同組合に知らせるために、駅前の郵便局まで歩きながら、キヘンは遠く南の古い港町にいるであろう弦とその妻に電話をかける自分を想像して、ひとり笑った。現実は、白岩から外部に向けての通信手段がすべて途絶えていた。しかも、いつ復旧するかもわからなかった。指折り数えてみると、主筆に言われた日までに原稿を送れるかどうか怪しかった。キヘンは居ても立ってもいられなかった。

だが駅に戻っても何ひとつ変わっていなかった。ただじっと時間が過ぎるのを待っているわけにもいかず、キヘンは主筆に渡された小冊子を鞄から取り出した。それを熱心に読んでいるうちに、「一九三五年三月初旬、偉大なる首領様が施された処置に従い、中国の汪清《ワンチョン》県〔いまの吉林省延辺朝鮮族自治州〕腰営《ヨヨン》溝の遊撃区に、朝鮮人民革命軍青年軍師政治指揮成員らを養成する短期講習所が……」という文章に出くわした。キヘンはそれ以上読み進められず、「一九三五年三月」という日付だけを繰り返し見た。そのとき、キヘンの胸の中でずっと張りつめていた何かがぷつりと切れた。日付はそのままにして、冊子の中の母音と子音を解体して組み立て直したら、まったく異なる世界が広がるかもしれない。誰がどう組み立てるか次第で無限の世界ができるのだと思うと、キヘンは母音と子音でできた言葉の世界から離れられなかった。この生涯ひとりで愛し、没頭してきた自分だけのその世界を。毎日一万トンのナパーム弾と七百トンを超える爆弾が落とされ、一日じゅう火の雨が降りしきり、平壌のあちこちが燃え上がっていたときも、キヘンは敵愾心に満ちた文章を通してのみその惨状を理解することができた。住んでいた家も焼けてしまい、ぎっしり並んでいた本も、ほんのり漂っていたコーヒーの香りもすべて消え去り、妻と幼い子どもたちから離れて暮らしている間も、彼は文字の世界を離れなかった。文字を書いたり読んだりしたからこそ、戦争が終わったのちも生き延びられた。戦争の狂気に満ちたこの世界で、自分を生かしてくれた言語と文字は誰のものだろう。キヘンは知りたかった。自分のものか、党のものか。人民のものか、それとも首領のものなのか。

首領が、文学における古い思想の残滓《ざんし》に抗《あらが》う闘争をせよと教示すると、全国の図書館と図書室はもとより、個人が所蔵していた反党、反革命作家の本も回収され、見せしめのように至るところで燃やされた。そこで燃やされる一冊一冊は、それぞれが一つの世界だった。当然、互いの主張は食い違い、志向するところも異なる。文体もみな違う。そうして世界は一つではなくいくつもあり、現実はその数限りない世界が結合したところだ。そこには美しい世界もあり、醜悪な世界もある。ごまかしが蔓延《はびこ》る世界もあれば、上品で誠実な世界もある。ある世界は地獄に近く、ある世界は天国に近い。これらすべての世界が集まって多彩で玲瓏《れいろう》たる光を放つとき、完全な現実になるのだ。だから、単に一冊の本が燃えてしまうのではない。詩人がひとりいなくなるだけではない。現実全体が没落するのだ。党と首領、それに彼らの忠実な代理人である秉道は、自分たちの組み立てた言語の世界だけが現実だと言うが、あらゆる世界を燃やしたあとに一つだけ残った世界という点で、彼らの現実はかぎりなく縮まり、やがては自滅の道を歩むだろう。言語と文字は、言語と文字のものだ。他の誰のものでもない。リアリズムとは、そのような言語と文字が自らの手で実現される現実のことなのだ。そこには党や首領はもちろん、キヘンの居場所すらない。

　そのとき、駅務員たちが窓口の外に飛び出し、プラットホームの方へ走りだした。待合室にいた人たちもあとに続き、その拍子にキヘンは手に持っていた小冊子を落としてしまった。地面に落ちた冊子を拾い、あたふたと外に出てみると、昨夜キヘンが吉州《キルチュ》から乗ってきた列車がそこに止まっていた。駅務員と乗客は機関車の脇に立って、谷間の方に曲がった線路を眺めていた。線路の雪はきれいに取り除かれていた。彼らは何かを待っているようだった。やがて何やら音が聞こえてきたかと思うと、白い峰々の間から汽笛の音が長く響いた。恵山《ヘサン》は雄大に聳《そび》える峰々を越えたところにあった。

その夜と心

その一年前、キヘンは恵山《ヘサン》に着いた。ちょうど小寒《しょうかん》の前で、まだ厳しい寒波は襲ってきていなかった。風も強くなかったので、恵山駅に降り立つと、辺境の低い屋根の上に白い雪がこんもりと降り積もっていた。かちこちに凍った道を、荷物を積んだ牛車と荷馬が鈴の音を鳴らしながら行き交っていた。駅前には軍用車両が何台か止まっているだけで、バスは見当たらなかった。作家同盟はキヘンに、一九五九年一月一日から三水《サム》郡《スグン》館坪《クァンピョン》協同組合に出勤せよと言ったきり、どこにどうやって行き、誰の指示を受けよなどという詳しい説明はしてくれなかった。キヘンはなんとか恵山駅に辿り着いたものの、そこからまたどう行けばよいのか途方に暮れていた。

しかたなく、改札口に立っていた駅務員に、館坪協同組合に行くにはどうすればよいのか尋ねた。駅務員は答える代わりに、何の用でそこに行くのかと訊き返した。キヘンは、平壌の作家同盟から館坪協同組合に派遣されてきた詩人だと説明した。そのとき、国境警備隊所属の軍人たちが待合室の戸を開けて入ってきた。彼らが改札口の方へ歩いてくるのを見るなり、駅務員はまたあとでと言って振り返った。少し下がったところから休暇中らしき軍服姿の彼らを眺めていると、誰かが「アバイ〔咸鏡道方言で年寄りや年配の男性を指す〕！」と呼ぶ声がした。キヘンは自分のことだとは思わなかった。するると、その人はキヘンに一歩近寄って言った。

「館坪協同組合にいらっしゃるんですか」

キヘンは頷《うなず》いて、その人の顔を見つめた。綿入れの服を着て防寒帽をかぶり、頬はふっくらと肉づきがよく、垢《あかじ》染みたところはまったくない若い女の人だった。

「そうですが」

少し間をおいてからキヘンが答えた。

「なら、一緒に行きましょう。あと三十分したら、三水《サムス》行きの乗り合いバスが来ます。寒いですからそれまでこの待合室で待っていてください」

壁に掛かった時計を見て彼女が言った。キヘンは快くその好意に甘えることができなかった。彼女は、何の反応も見せないキヘンの手から鞄を奪い取り、暖炉の方へすたすたと歩いて行った。そして後ろの方の空いた椅子に座り、残りの荷物を持って突っ立っているキヘンに手招きした。キヘンがおずおず近づいていくと、彼女は立ち上がってキヘンに席を譲った。

「トンム、座っていてください。老けて見えるかもしれないが、私はまだ爺さんじゃありませんよ」

彼女は真顔になって手をぱたぱた振った。

「老けて見えるからじゃありません。アバイって呼んでごめんなさい。なんてお呼びしたらいいかわからなかったもので」

「時代も変わり、年齢に関係なく皆、トンムと呼び合っているじゃないですか」

「でも、詩人の先生にトンムだなんて。詩人であられるのは、さっき先生が駅員さんとお話しされているときに聞きました。作家同盟から館坪協同組合に派遣された詩人だって。お会いできて光栄です。私はチン・ソヒといいます」

彼女は手を差し出して握手を求めた。キヘンはためらった。ソヒは気まずそうに笑いながら右手を下ろした。

「とにかく、お掛けください。協同組合までは私がご案内しますから」

「トンムもそこで働いているのですか」

「私は三水の人民学校の教員です。館坪里《クアンピョンニ》から四キロしか離れていないので大丈夫です。そこから歩いてくる生徒もいるんですよ」

「しかし、なぜ私を協同組合まで案内してくれるのですか」

「それは。あ、とりあえず座りましょう。それからお話しします」

ソヒは無理やりキヘンを引っ張って座らせた。そして言った。一週間前、年が明けたら全国的に行われる現地派遣作家事業の一環として、ある詩人が館坪協同組合に配属され、勤務することになるだろうという知らせを聞いて驚いたと。なぜならその詩人は、自分が女学校時代に憧《あこが》れていた国語の先生が、授業のときにいつも諳《そら》んじていた詩を書いた人だったから。その頃から詩と文学に夢中だった。教員大学に進学してからも詩を書き続けた。卒業後は需給事情によって三水に配置されることになり、両親は娘が僻地に赴任することをずいぶん心配したが、当の本人は、そんな荒々しい環境の中にいれば書き物もより捗《はかど》るだろうと喜んでいた。だが、実際は思いもよらぬ困難続きで悩んでいた。そんなとき、その美しい詩を書いた詩人が近くの集落に赴任すると聞いて、驚かずにはいられなかったのだと。

「故郷はたしか定州《チョンジュ》ですよね？　なぜ、こんなところにまで？」

自分の話はもう終わったのか、ソヒが尋ねた。その問いにキヘンは答えられなかった。どこでどう誤って三水に来てしまったのか、キヘンにもわからなかった。

「おっしゃらなくてもわかるような気がします。先生がここにいらっしゃった理由が」

キヘンは前に立っている彼女を見上げた。座ったまま見ているせいか、それともその自信に満ちた態度のせいか、彼女は自分よりはるかに大きく見えた。ソヒは首を傾《かし》げて、座っているキヘンを見た。そして、騒然とした待合室の片隅で、いかなる恐れも恥じらいもない善良な表情で、「貧しい僕が／美しいナターシャに恋をして／今宵はしんしんと雪が降る」と詩を諳んじ始めた。こんなところで、すっかり忘れていた詩を他人の口から聞かされて、キヘンは喉元《のどもと》から熱いものがこみ上げてくるのを感じた。女学生の頃、国語の先生から聞いて覚えたというその詩の一節一節が、鉄斧《てっぷ》を振るうように彼の頭に浴びせかけられた。

偶然出会った詩人の前で、あなたの詩を諳誦《あんしょう》できると自慢したい、その誇り高き心に気づいてやるより先に、また「ひとり寂しく座り」だの「焼酎を飲みながら」といった悲観的で退廃的な文章を、大きな声で詠む分別のない口を塞ぐより先に、キヘンは自分の周りにあるすべてのものが急に見知らぬものになったように思えた。いや、これでようやく自分を取り巻く世界をきちんと認識できたというべきか。褐炭《かったん》の力で片方の表面が真っ赤に燃える暖炉も、すっと耳に入ってこない辺境の方言も、道内でも指折りの畜産班を誇る協同組合に行くということも、すべて。そのとき、キヘンは雪がしんしんと降る夜の中にいた。誰かを恋する心の中にいた。その夜と心が、いま彼とともにいた。彼はうなだれてじっと地面を見つめていた。未来か過去からタイムマシンに乗って、田舎の人たちの綿靴からとけ出した水で地面が黒く染みた恵山駅の待合室に落とされた人のように。呆然と。

「それで三水にまでいらしたんでしょう？」

キヘンははっとして顔を上げた。そこに人民学校の教員ソヒが立っていた。彼女の話を聞いていなかったので何も答えられずにいると、ソヒがもう一度説明した。

「その詩に書いていらっしゃいましたよね。『山里へ行くのは世間に負けることではない／世間など穢《けが》らわしいから捨てるのだ』って」

それを聞いてキヘンは立ち上がった。

「どうやら教員トンムは人違いをしているようです。私はそんな詩が書けるような人間ではありません。旅人を気遣ってくれるのはありがたいですが、協同組合には私ひとりで行きますから。心配ご無用です」

「でもさっき、詩人だと」

「トンムの聞き間違いでしょう。作家同盟から派遣されてきたのは本当ですが、私は詩を翻訳している者です」

「そうなんですか？」

ソヒがキヘンを見つめた。キヘンはその目を避けるように、ソヒから鞄を取り返した。

「本当に詩人の白石《ペクソク》先生じゃないんですか？」

「いいえ、いいえ。私はそんな人間ではありません」

彼は出口の方へ歩いて行った。戸を開けて出て行こうとしたら、外は相変わらず雪が降っていた。それは「今宵はしんしんと雪が降る」世界だった。こんな世界なら、美しいナターシャも僕に恋をして、いずこかで白いロバも今宵が良くてウアーンウアーンと啼《な》いているに違いない。なぜ、いきなりこんな世界が現れたのだろう。詩を一篇、聞いただけなのに……。しかもずっと前に自分が書いた詩を……。キヘンは立ち尽くしたまま、しんしんと降る雪に濡れながら、今宵が良くてウアーンウアーンと啼く白いロバの声を聞いていた。

館坪《クァンピョン》の羊

一九五八年の最後の日を、キヘンは両江道《リャンガンド》三水《サムス》郡《グン》館坪《クァンピョン》里《ニ》独谷《トッコル》で過ごした。よりによって年の瀬の夜、家で休んでいるところを事務所に呼び出された畜産班長は、険しい顔をしていた。これ以上、組合員を受け入れる余力はないと報告したはずなのに、一方的にキヘンの配属が決まったからだ。それだけ重大な過ちを犯して追われてきたのだろう、というのが三水《サムス》の人たちの考えだった。だが、十二月になると零下三十度を下まわる三水で、理由などどうでもよかった。要は労働ができるかどうかなのだが、キヘンは誰の目にも歓迎されない中老で、しかもロシア文学を翻訳している詩人だった。

「トンム、なぜここを独谷《トッコル》というか知っていますか」

畜産班長が愛想のない声で尋ねた。もちろん答えを望んでいるわけではなかった。

「平壌じゃどうせ、三水なんかに飛ばされたら苦労するぞって言われたんでしょ。ここはその三水からもぽつんと離れた谷でしてね。なんでまたこんなところにまで来たのか、こっちの知ったこっちゃないが、年寄りだからって怠けられたら困るんですよ」

「ここまで来て、怠けるつもりはありませんよ」

キヘンが答えた。

「合宿所はすでにいっぱいで、トンムが割り込む場所はない。一月三日に配置が正式に決まったあとで、場所を振り分けるなり無理やり押し込むなりするから、それまではこの事務室で、持ってきた布団を敷いて寝なさい」

畜産班長はそう言うと、三日の朝に会おうと言い残して出て行った。褐炭《かったん》の暖炉にはまだ火が残っていた。三水でのキヘンの生活は、その暖炉の風穴を塞ぐことから始まった。翌日は一九五九年の初日で、共同食堂には新年の特別食が出され、朝から宴会でも行われているようだった。昼になると、近くの館坪《クァンピョンチョン》川ではスケート大会が、貫革峰《クァニョクポン》と馬山《マサン》をつなぐ稜線では狩猟大会が開かれた。時折、猟師たちの撃つ銃声が遠くの谷間にのどかに響き渡った。そもそも行き交う人が多いからか、あるいは感情表現が下手なせいか、組合員たちは新顔のキヘンを見ても顔を背《そむ》けたり、歓迎するふうもなくよそよそしかった。全部で八十人余りの組合員の中には、孤児もいれば、傷痍《しょうい》軍人や寡婦《かふ》もいた。ここに詩人が加わったので役者は揃ったと誰かが言った。詩人だというから詩人だと思っているだけで、キヘンが書いた詩を読んだことがある人は誰もいなかった。もとより彼らのうち、文字が読める人は多くなかった。キヘンはそんななかでなんとか馴染もうとしたが、日が暮れた頃には少しの意欲も残っていなかった。

畜産班長がどういう意図でキヘンを合宿所ではなく事務室で寝泊まりさせたのか知らないが、三水に来て最初の数日をひとりで過ごせたのは、キヘンにとっては幸運だった。二日目は要領をつかんで、明け方まで暖炉の火を絶やさなかった。暖炉のおかげでひと晩じゅう沸かした湯が飲めた。熱い湯で体が温まるにつれ、三水の冬がこの程度の寒さなら耐えられるのではないかと思い上がってみたりもした。ただ、平壌を発つとき、ひと月になろうと三月《みつき》になろうと今回だけは、ペンをまわしたり本をめくったりせずに労働の現場に身を投じる覚悟だったので、本も辞書も持ってこなかったのは残念だった。彼は事務室の本棚を覗いた。そこに並ぶ『スタハノフ運動〔労働生産性向上運動〕とは何か』『新しい民主主義』『朝鮮政治形態に関する報告』『朝ソ文化』『文化戦線』『建設』『人間問題』などの書名を、何の感慨もなく眺めているうちに、キヘンは『獣医学の基本』という本を見つけた。組合に来て羊と対面したばかりの彼には何よりも必要な本だった。

そうして一月六日、小寒《しょうかん》。水銀柱が零下四十度近くにまで落ちた。キヘンは合宿所に荷物を移すまで、畜産班の事務室で『獣医学の基本』を読みながら年初の夜を過ごした。時折、記憶しておきたい文章に出合うと、表紙が破れ落ちたノートを取り出して書き留めた。三水に持ってきていた数少ない所持品の一つだった。作家全体に対して思想検討の嵐が吹き荒れていた頃、キヘンはそのノートの表紙をはじめ、ロシア語が書かれているページを細かくちぎって燃やしてしまった。だが、そこに書かれてあった名前は忘れなかった。リ・ジンソン。三水に来る前に、その名前とともにボリス・パステルナークが、アンナ・アフマートヴァが、アンドレイ・ヴォズネセンスキーが、同じように炎を揺らしながら消えていった。キヘンは彼らの詩が消え、残ったページに次のような文章を書き写した。

「社会主義建設の意義ある目標を達成するためには、第一回五か年計画を期限前に成し遂げなければならない」という、全体党員らに送る朝鮮労働党中央委員会の手紙

金日成同志《キムイルソントンジ》を唯一の首班とする、朝鮮労働党中央委員会と共和国政府の畜産政策が唯一正しいものであり

そうおっしゃり、「我々は二、三年内に肉類生産を四十万トン、牛乳は四十六万トン、卵は十五億個、羊毛は七百トン以上」を達成し、「畜産業の土台を強化し続け、二、三年内に家畜頭数を、牛は百万頭、豚は四百万頭、緬羊《めんよう》及び山羊《やぎ》は六、七十万頭を育てなければなりません」と教示

第一章　家畜の疾病に関する概念

第一節　疾病とは何か

疾病とは、家畜の身体と外部の環境との相互関係が破壊された結果

家畜の重要な臓器の機能が正常で、外部の環境が良好なら、病んだ家畜は完全に回復する。反対に、病んだ家畜を酷使し、悪質な飼料を与えると、死に至ることもあり

そのうちキヘンはこのノートに手紙を書いた。平壌にいる友人、俊《ジュン》に。

旧臘《きゅうろう》〔昨年十二月〕、三水に到着した。ここは三水からもぽつんと離れた独谷《トッコル》というところだ。

そう書いてみたものの、どうも気に入らなかった。あたかも地獄に落ちたダンテが書いた手紙のように思えたからだ。誰かに見られたら、労働の現場で弱音ばかり吐いていると批判されるに決まっている。消しゴムがないので鉛筆で何本も線を引いたが、それでも落ち着かなかった。迷ったあげく、ノートを破って暖炉に放り込んだ。すると炎が弱まっていた暖炉の中が一瞬、ぱっと明るくなった。

朝になり、灰を片づけるために暖炉の下にある灰受け皿を取り出してみると、燃え尽きた紙きれがあった。もしやと思い、指先でつまみ上げてみたが、文字はまったく見えなかった。指で擦《こす》ると紙は跡形もなく砕け、埃《ほこり》のようにはらはらと落ちた。それを見てキヘンはとても嬉しくなった。自分の書いた文字が鋼鉄や岩とは違い、消えゆく火種でも容易に燃え、灰燼《かいじん》に帰するものであることに。

その日の夜も、キヘンは手紙を書いた。平壌にいる友人の俊に。

旧臘、三水に到着した。ここは三水からもぽつんと離れた独谷というところだ。夜になると気温が零下三十度にまで下がり、水という水はすべて凍ってしまうからインクが使えない。体を布団でぐるぐる巻きにし、暖炉の残り火の前でうつぶせになって、ランプの灯りを頼りに本を読んでみたり、手紙を書きなぐったりしている。もちろん君には届かない、どこかで消えてしまう手紙だとわかっているが。そうかと思うと鉛筆を置いて寝転び、冷たい風が吹き抜ける畜産班の事務室の天井や壁を眺めたりする。すると揺れ動く影の上に、これまでの人生で経験してきたことが一つ、また一つとよぎるのだが、解放まもない頃に青山学院英文科の後輩、薫《フン》が死んだ息子を背負い、東大院《トンデウォン》〔平壌市内〕のわが家を訪ねてきたことがふと思い出されたよ。薫はそのとき哈爾浜《ハルビン》から脱出した直後だった。彼の話によると、哈爾浜にソ連軍が入ってきたあと、自殺する白系ロシア人たちが続出したらしい。いま思うと、彼らこそ自ら選んだ人生を生きた人たちじゃないだろうか。自分に残された唯一のものを選んだのだ。死を選ぶのが人生だなんて言ったら、おかしいかい？　僕はちっともおかしいと思わない。三水に来てからは、一日に何度もポケットの中をはたいて、自分にはあといくつの選択肢が残されているだろうかと考える。

　どうせ朝になったら灰になる文章なので、キヘンは心置きなく書き綴った。書きたいだけ書いて鉛筆を置いた。死について考えていると書いてしまうと、生き返った心地がした。キヘンは手紙を書いたページを破って、暖炉に投げ込んだ。一瞬、炎が大きくなったかと思うと、すぐにまた消えた。キヘンは布団に入った。三水に来て三日目、ようやく不眠の苦しみから逃れ、安らかに眠ることができた。灯りを消して身を横たえると、事務室の中は静まり返っていた。ひと晩じゅう重厚な丸太の戸を揺らす風の音も聞こえなかった。ところが、何やらひ弱な音が、小さくて弱々しい音が、聞こえてきた。

キヘンは起き上がって丸太の戸を開けた。戸の前には、群れからはぐれた一頭の雌の羊がいた。キヘンはしゃがんで、逃げもしなければ近寄ってもこない、ただじっと自分を見つめているその羊を抱き寄せた。羊からは糞のにおいと、獣臭いにおいがした。キヘンは羊を抱きかかえようとしたがあきらめて、事務室脇の羊小屋の方へ羊を追った。新たに降り積もった雪の上に、羊の足跡がついた。なんて鮮やかなんだ、とキヘンは思った。顔を上げてみると、雲の晴れた夜空に月が浮かんでいた。そのときふと、いつだったか尚虚《サンホ》から聞いた月明かりの話を思い出した。誰もいない世界、自分もいない世界を明るく照らす月明かりの話。そうだ、もうやめよう。これ以上しがみつくのはやめて、無心でいよう。キヘンは明るい光を眺めた。そうして眺めているうちに、ようやく悟ったのだ。自分が消えても、その光は永遠であることに。

再び事務室に戻ったキヘンは、恵山駅でソヒから聞いた詩の題をノートに書いた。

僕とナターシャと白いロバ

そのとたん、その題の左側に整然と連なっていた文字が頭に浮かんだ。彼はそれを書き記した。数年前、咸興《ハムン》で尚虚に会った日、ひと晩じゅうノートに詩を書きなぐったように。そのときは書いた詩をどこかに残したいと思ったが、今度は燃やしてしまうつもりで書いているのが違うだけだ。ページをめくって今度は「カヂュランの家」と書いた。そしてその隣に、ずっと前に自分が書いた詩句を並べていった。文字が、文章が、方言と比喩が、それぞれの位置に収まっているのを見て、じつにほほえましく思った。なので、キヘンはページをめくってまた書いた。「古夜」と、「女僧《にょそう》」と、「伊豆国湊街道」と、「統営《トンヨン》」と、書き続けた。幸いにも夜は長かったので、書こうと思えばいくらでも書けた。望むなら、生涯書いてきた詩をすべてそのノートに書き写すこともできた。そうやって一篇の詩を書き、読み、紙を破って暖炉に入れ、その炎を眺め、と繰り返しているうちに、彼はいつしかノートに「館坪の羊」と書いていた。やはり左側に文字が思い浮かんだ。一瞬迷ったが、見えるがままにその文字を書き記した。書き終わると満ち足りた気持ちになった。彼はまた、紙を破って暖炉に入れた。初めて書いたその詩も他の詩と同様に勢いよく燃え、そしてすぐに消えてしまった。

You, still alive, or a ghost?

キヘンが鉄道病院に戻ったときも、爺さんたちはまだ縁側に座っていた。昨夜泊まった病室に保安局員らが出入りしていた。何があったのかわからないが、病室には入れそうになかったので、キヘンも爺さんたちの隣に座った。向かいの食堂の軒下に、大根の葉が干してあるのが見えた。爺さんたちの交わす会話が自然とキヘンの耳に入ってきた。キヘンが鉄道の様子を見に行っている間に、雪崩《なだれ》が起こった大角峰《テガクボン》の落石監視哨《かんししょう》近くの小屋に孤立していた男女が、緊急線路復旧班によって救助されたのだが、女の方はすでに凍死し、男だけが鉄道病院に護送されたという話だった。人が負傷して死んだというのに、爺さんたちはおかまいなしに笑っていた。よく話を聞いていると、その哨所《しょうしょ》は日本統治下の頃からある夫婦が管理していたという。その近くに小屋を建てて暮らしていた彼らは、山を下りてくることもなかった。南雪嶺《ナムソルリョン》へのぼってくる機関車に向かって手提灯《てぢょうちん》で線路の状態を知らせたら、機関車は速度を落として生活必需品を投げてくれた。戦争に敗れた日本が退き、また別の戦争が起こって米軍の戦闘機編隊《コルセア》がナパーム弾を投下している間も、彼らは変わらず哨所を守った。休戦後、それを賞して男が鉄道服務栄誉勲章を授けられたことは、清津《チョンジン》鉄道総局の管轄地域ではよく知られていた。ところが爺さんたちの話によると、その日病室に運ばれてきた人は、その男ではなかったというのだ。

「なら誰だ？」

「保安局員の話だと、鉄道部隊員らが氷を割って小屋に入ったら、母親と息子ぐらいの男女が裸で抱き合ってたんだとさ」

「年老いた亭主はどこに？」

「はて」

ひとりの爺さんが言った。

「死んだんだろ」

「殺したんだろ」

もうひとりの爺さんが右手で首を切る真似をした。

「手でかな、刃物でかな」

「素っ裸にした体に水をかけ、外に放り出して冷凍スケトウダラにでもしたんじゃないか」

「服の一枚纏《まと》ってなけりゃ、まさに〝空手《くうしゅ》にして来たり、空手にして去る（空手来空手去）〟ってわけだな」

「線路の上に放り投げてぶつ切りにしてから、近くに埋めたのかもしれんな」

「腹を空かせた山犬がたらふく食ったのかもしれんぞ」

「どうしてですか」

ぞっとするような会話を聞いていたキヘンが、思わず口を挟んだ。

すると爺さんたちが舌打ちした。

「このアバイ、人生を無駄にしてきたな。〝どうして〟ってのは、小学校で手を挙げて先生に質問するときに言うんじゃよ。人間の諸事に理由なんてあるか」

そのとき、病室から何か責め立てるような声が聞こえてきたので、三人は口をつぐみ耳を傾けた。初めはなんと言っているのかわからなかったが、やがてはっと気づいた。

「中国語だな？」

「そうだな」

「ってことは、中国人の男とくっついてたのか？」

「え？　どうして？」

「どうしてってそりゃ、ふたりが望んだんだろうよ」

爺さんふたりは顔を見合わせてけらけら笑った。他人の不幸や病ほど彼らにとって面白い玩具はなかった。それが〝鉄の時代〟で生きていく力だった。ふたりのうち好奇心旺盛な方の爺さんが、保安局員のそっけない返事にも屈せず得た情報によると、護送された男は戦争中、中国人民志願軍第五十九師団に所属していた瀋陽《しんよう》出身の兵士で、一九五八年、撤退が始まるなり兵営を脱走し、恵山《ヘサン》線の復旧作業をしているときに目をつけていた大角峰《テガクボン》の掘っ立て小屋に隠れていたのだという。

「やつによると、老いた亭主は去年の秋に病死して、近所に埋葬したそうな。それからは息子として女の面倒を見ていたらしい」

「なら、なんで素っ裸で抱き合ってたんだ？」

「雪に埋もれて凍え死にしたくなかったんだってよ」

「死ねばよかったのに。こんな地獄に戻ってくるぐらいなら」

「このアバイ、なかなかものわかりがいいな。そりゃそうと、義勇軍の五十九師団っていったら、例の長津湖《チャンジンホ》で戦った*軍のことか？」

　その言葉に皆、目をぱちくりさせたかと思うと、「くそったれ」だの「あんちくしょう」だのと吐き捨てるように言ってから、唾《つば》をペッと吐いた。男の容態が安定してくるまで、ひとまず取り調べは難しいと判断した保安局員らは、監視する者だけを残して皆帰って行った。爺さんたちもようやく病室に戻った。キヘンもあとについて病室に入ると、隅の方で横たわっているその男が何やら口ずさんでいた。その声が耳障りだと爺さんたちは舌打ちして不満を垂れたが、男はやめなかった。煙草を吸っていた保安局員が、静かにしろと男を足で蹴り飛ばした。それで爺さんたちは一斉に静かになり、男はさらに大声を張り上げた。

　同じ病室の人たちは、頭のおかしくなった中国人の男がひと晩じゅううわごとを言っていると思ったようだが、キヘンだけはそうでないことに気づいていた。キヘンは翌日の午前、皆が食堂に行っている隙に男のそばに歩み寄った。男は凍傷で両腕両脚に水ぶくれができ、からだじゅうが真っ赤に腫れ上がって身動きができなかった。真っ黒に焼けた手足は切断しなければならないほど深刻だと、医者が保安局員に話しているのをキヘンも聞いていた。

キヘンがそばに行くと、男は目を見開いて呻《うめ》き声をあげていた。瞳には青みを帯びた光が漂っていた。男はキヘンがいるのにも気づかず、目を開けたままあらぬところを見ていた。キヘンが男の歌っていた歌を口ずさむと、男は驚いたように英語で言った。

「あなた、まだ生きてますか。それとも亡霊？　みんな死んでしまったはずなのに」

「英語がわかりますか」

「はい、故郷の教会で習いました。アメリカ人の宣教師、たくさんいました」

「あなたの歌をひと晩じゅう聞きました。グッナイ、アイリーン。グッナイ、アイリーン」

「それは私の歌ではありません。あなたの歌です」

「私の歌？」

「そう、あなたの歌。冬の間凍っていた歌が春になって溶《と》け出し、谷間という谷間に響き渡ったのです。グッナイ、アイリーン。グッナイ、アイリーン」

「春になるまで歌が凍りついていた？」

「はい。あなたの歌。凍っていた歌。春になるまで」

「あなたの歌、あなたの歌って言うけれど、だったら私は誰ですか」

「あなた、もう死んだ人。その冬の谷間であなたも凍りつき、あなたの歌も凍りついた。でも、春に私はたしかに聞いた。あなたの歌を」

死の恐怖が男を十年前の、あの凄まじい記憶の中に連れ戻したために、現実感を喪失したのかもしれない。男は過去の幻影から抜け出せないでいた。一九五〇年、極寒の冬、中国軍と米軍が交戦した長津湖の戦いで、数万人が命を落とし、おびただしい凍死者を出したという話は、キヘンも聞いたことがあったので、男が拙《つたな》い英語で何を言おうとしているのか充分に想像がついた。にもかかわらず、キヘンはそれらの言葉を額面どおりに受け取った。言葉を知らない不幸と病にはわかるまいが、言葉は思いがけぬ方法で人間を慰めることがある。あなた、もう死んだ人、という言葉。その冬の谷間であなたも凍りつき、あなたの歌も凍りついた、という言葉。それから、春に私はあなたの歌をたしかに聞いた、という言葉。

翌朝、保安局員らが押しかけてきて男の容態を確かめたとき、男はすでに死んでいた。彼らから恵山線の線路が復旧したという話を聞くなり、キヘンは荷物をまとめて外に出た。凍《い》てついた道の上に海抜一千メートルを超える高原の白い風が、キヘンの体の隅々にまで吹きつけた。キヘンは毛糸の帽子を目深《まぶか》にかぶり、コートの襟を立て、マフラーを首に巻きつけた。通りにはキヘンと同じように運行再開を耳にした人たちが、我先にと駅の方へ歩いていた。彼らに後《おく》れを取るまいとキヘンも早足で歩きながら、いつだったか夏に、俊《ジュン》が詩と不幸について語った夜のことを思い出した。そして、ソヒが混雑した恵山駅の待合室の片隅で、畏《おそ》れも恥ずかしさもない清らかな表情で、「貧しい僕が／美しいナターシャに恋をして／今宵はしんしんと雪が降る」と詩を諳んじ始めた瞬間を思い出した。そのとき、自分がどんな気持ちだったのか。その詩の一節一節がどのように自分の耳に刺さったのか。いまとなってはもはや自分のものではないその美しい言葉が、いかにして鉄斧《てっぷ》のように自分の頭に振り下ろされ、自分と詩を真っ二つにしてしまったのか。詩はもう自分のものでも、他の誰のものでもなかった。自分の不幸と詩は何の関係もなかった。キヘンはふと歩みを止めた。そして、振り返った。すると吹雪が彼を揺さぶった。キヘンはいまそうしてじっと立っている。

オーチェルク「雪深い革命の揺籃《ようらん》にて」（草稿）

私はいま雲が晴れるのを待っている。もうずいぶん長いこと、こうして立っている。雲に隠れていた小白山脈《ソベク》が姿を現す。姿を現したかと思うと、また隠れてしまう。そして再び現れる。体の向きを変える。首根っこをつかまえるようにして近づいてきた南胞胎《ナムポデ》〔山〕が、雲の中から現れる。また体の向きを変える。ペゲ峰の雲も晴れる。その横たわった姿が目の前に広がる。つねに変わらぬ慈《いつく》しみに満ちた様子である。

どれだけ時間が過ぎただろう。ふと見やると、小白山脈の後ろに厚い雲が退いていく。おぼろげで混沌とした天界が半分ほど開ける。すると、白銀のまぶしい稜線の一部分が露わになる。神々しい白頭《ペクトゥ》のお出ましだ。だが裾野を一瞬見せただけで、白頭は再び雲を呼び寄せ、その姿を隠す。高さゆえに仰ぎ見ることすらできないのか。神聖であるがゆえに拝むことすら容易でないのか。

私はいま虚項嶺《ホハンニョン》の尾根に立っている。東北の方角に密林をかき分けて行くと、茂山《ムサン》七百里白昼行軍で名高い抗日パルチザンの戦跡地がある。私はこの尾根で、雲に隠れた白頭を仰ぎ見ている。白頭の頂上に続く山の脊《せ》が、何人《なんぴと》の筆によっても写し出すことのできない精巧な線を伸ばし、視界の外へ消えていく。

日が昇る。南胞胎の白濁した山頂が赤く染まる。麓《ふもと》の方から嚠喨《りゅうりょう》たるラッパの音《ね》が響いてくる。三池淵の林山村《リムサンマウル》では、白いカラマツに二本の赤い旗が冬の風にはためいている。この旗の下を過ぎると、新たに敷かれた広い道が山へと続いている。虚項嶺の尾根へと登っていく道である。この道をいま、黒いスキー服を着てスキー板を担いだ青年男女が長蛇の列になって登ってくる。

彼らの顔は幸せで輝いている。彼らの手足が健康と青春で弾けている。いつからこんな幸せそうな若い男女がこの国で生きるようになったのか。彼らの笑い声、話し声はなんと明るく、彼らの足取りはなんと力強いのか。じつに堂々としている。じつに頼もしい。私にも彼らと同じ時代があった。その時代、私は朋友と遠く離れた南の海辺を歩いていた。

白頭の麓はまだ冬だが、南海《ナメ》沿いにたたずむその街は、いまごろ春たけなわだろう。貝殻の散らばる砂浜にはさざ波が寄せては返し、水鳥は今日もこの街の上を低く飛んでいく。

私は釜山《プサン》からほど近い、この街が忘れられない。澄んだ空、青々とした海の鮮やかな美しさも、同じ母語でありながらよく聞き取れない訛《なま》りも、そして、その昔、倭賊《ウェジョク》との戦場だったという裏山に登って眺めた盆のような満月も……。なかでも私は、この海辺の街を故郷に持つ親しい朋友が忘れられない。

彼の言葉や行動、名前はいうまでもなく、それにもまして彼の信念と志向が忘れられない。彼は素朴で物静かで、気さくで闊達な人だった。なにより彼には情熱があった。祖国と同胞に強い愛情を抱いていた。私がその人を敬愛したのは、私の同僚だったからだけではない。

彼の家も、私の家も、北岳山《プガクサン》〔ソウル市内北部の山〕のほど近くにあった。夜になると互いの家を行き来し、床にうつぶせになって夜更けまで語り合った。苦難と苦悶について、喜びと悲しみについて、希望と理想について、真理の運命について……。長い歳月が過ぎてしまったが、彼がかつてさも興奮した様子で、私は精神の根底にあるただ一つの真理を仰いで生きていきたい、と言っていたのが思い出される。

真理のために生きたいと百回も誓った彼の友人が、真理から遠のき、嘘の中で喘《あえ》ぐのを見て、極度に憤っていた彼の顔が、いまも私の脳裏から離れない。彼はじつに深い思索によって人々を驚かせ、文章は甚《はなは》だ人の意表を突くものが多かったが、過度な創作はしなかった。

作品と呼べる文章は少ないものの珠玉に喩《たと》えられ、それらのほとんどは記事だったが、どれも警鐘を鳴らすものであった。彼は褒められると謙遜し、甘んじることはなかった。彼は心の中で何かを信じ約する人間であり、胸の奥で崇高なものを育《はぐく》み生きていた。

解放前、彼と私がソウルで暮らしていた頃のことだ。いつだったか私たちは一緒に旧馬山《クマサン》から小さな蒸気船に乗り、ひと晩かけてこの小さな海辺の街に行ったことがある。泗川《サチョン》か晋州《チンジュ》に向かう途中だったのだが、彼は私を、この街の郊外にある古《いにしえ》の将軍〔倭軍を打ち破った李舜臣のこと〕を祀《まつ》った祠堂《しどう》に連れて行った。彼はそこでしばらく古の愛国者を追悼し、そのあと祠堂の外に出ると、興奮したように「閑山島《ハンサンド》　月明き宵に……」＊という時調《シジョ》を口ずさむのだった。そして何も言わずに、遠くの水平線を眺めながら歩き始めた。

その後、私は彼の書いたものを読んだこともなければ、彼の熱のこもった声を聞いたこともない。

ある日、私は南朝鮮《ナムチョソン》の出版物の中に偶然、彼の名前を見つけた。とても嬉しかった。それによって私は、彼が故郷からそれほど離れていない小さな町の学校で校長を務めていることを知った。民族の将来を担う子どもたちを、アメリカ帝国主義の穢《けが》れた手と精神に委ねるまいと思って教育に携わっているのだろう。彼はその立場から、我が民族の輝かしい文化と、賢明な民族の気概について教えるであろう。郷土に埋もれた愛国者たちの歴史のひとこま、その愛国者が仇敵《きゅうてき》に浴びせた憎悪の歌を一節でも集めて諳んじさせるであろう。そして彼は少年たちに、我が人民の真の怨敵《おんてき》が誰なのかを教え、我が同胞を殴り殺すアメリカ帝国主義の蛮行に激昂させ、やがては怒りの拳を振り上げさせるはずだ。そう信じている。確信している。そうなることを望んでいる。朋友の強い正義感と、熱い民族の血潮と、清らかな人間としての良心と、真理に対する信念は、これ以外の行動を許さなかったであろう。そのような行動をする朋友を目の前に描いてみると、

じつに喜びを禁じえない。

朋友は我が祖国が今日置かれた情勢を、北の壮麗な姿も、アメリカ帝国主義の足もとで喘ぐ南

の事情も、
すべて知っているはずだ。南の人民がさらされた運命を
よく知っている人だ。

彼は我が民族がこれ以上、アメリカ帝国主義という侵略者と
軍の乱行を放任してはならないことと、
その蛮行を黙認してはならないことと、
その罪悪を許してはならないことを
知っているはずだ。

釜山と木浦《モッポ》に
群山《クンサン》と仁川《インチョン》に
アメリカ帝国主義という侵略者の船だけでなく、倭奴《ウェノム》の船も入ってくるだろう。
彼の故郷
小さな街にも

彼の故郷
小さな街……

小さくて、軽くて、白い夢、三つ

三浪津《サムナンジン》で乗り換えた列車は、洛東江《ナクトンガン》、翰林亭《ハルリムジョン》、進永《チニョン》、徳山《トクサン》、昌原《チャンウォン》を経て、旧馬山《クマサン》駅に到着した。妻の実家に行く俊《ジュン》について行ったときは釜山を通ったので、今度は馬山《マサン》を経由しようというのが弦《ヒョン》の計画だった。旧馬山駅は一階建ての、瓦屋根の小さな駅だった。荷物を背負った乗客たちの合間を縫うようにして駅舎を出ると、草葺《くさぶ》きの家と田畑と茂みの彼方に、馬山湾の穏やかな波が見下ろせた。ふたりは埠頭《ふとう》へと続く道を歩き始めた。

「柿崎の娘《チョニ》は詩になったんだな。娘《チョニ》は初めから千姫《チョニ》だって釘を刺しているけど、こんな遠まわしな言い方だと水仙の君はわかってくれないぞ」

さしたる絵や図案もなく、分厚い韓紙《ハンジ》に縦書きで「白石《ペクソク》　詩集　사슴〔鹿〕」とだけ書かれた詩集を振りかざしながら弦が言った。ソウルを発つ直前に出版記念会を開いたので、出来上がったばかりだった。弦が心配したとおり、高級紙を使って百部しか刷らなかったうえに、二ウォンも

する高額本になった。

「詩はこうやってまっすぐな道を歩くんじゃなくて、人の暮らす町の形に従って遠まわりに歩く小径《こみち》みたいなものなんだ。それより、汚れるから詩集は鞄に入れろよ」

すでに表紙に弦の手垢がついた詩集を見ながら、キヘンが言った。

「この鹿は水仙の君のことか？」

弦は詩集を手に持ったまま尋ねた。

「鹿は山里で暮らす動物だろ？　こんな海辺には似合わないよ」

水を運ぶ背負子《しょいこ》がドジョウ汁屋に入っていくのを見ながら、キヘンが言った。

「気難しい鹿が世に出るなり、千里の道も遠からずとばかりに、はるばるこの南の海にまでやってきたんだもんな。旧馬山の埠頭にいる娘なら誰だって惚れるね。だが統営《トンヨン》は違う。統営は統制《トンジェ》使《サ》が治めていた将軍の地だから、統営の娘たちは、まっすぐ伸びたこの道のように迫力があって、野心に満ちた男が好きなのさ。いっそのこと、詩集の名前は鹿なんかじゃなくて、騎馬兵にでもしておけばよかったんだ」

鞄に入れろと言われても聞かずに振りかざしながら、弦が言った。

「君こそいまごろは騎馬兵になって、太平通り〔ソウルの太平路〕を走っているはずだったのになあ……。そしたら僕がヘーゲルは無理でも、ガチョウみたいにガーガー騒ぎ立てるのに」

弦は反帝国同盟の活動で三年間、西大門《ソデムン》刑務所*に入っていたとき、論理学の本で読んだナポレオンの話がお気に入りで、キヘンに何度も語って聞かせた。イエナの戦いでプロイセンの軍隊を壊滅させたナポレオンが馬に乗り占領地にやってきたのを見て、ヘーゲルが感極まり大声をあげる場面では、決まって舞台俳優のような大げさな声色で叫んだものだった。それを真似てキヘンが叫んだ。

「あ！　それだ！　弦だ！　僕のロゴスだ！」

弦は詩集を脇に挟んで、ナポレオンのように馬に乗るふりをした。互いにしばらく笑いこけた。

やがて笑いが止まると、弦が憂鬱《ゆううつ》な声で言った。

「騎馬兵かあ。なりたかったなあ。でもこんな国に生まれたら、いくらなりたくても無理だけど。とうてい叶わぬ夢さ。人生は僕たちになぜかくも苛酷なのか。僕たちの人生はいったいどこでどう誤ったのか……」

それにキヘンが答えた。

「でも夢があるから、苛酷な人生にも耐えられる。ときどき白樺並木を歩きながら、自分の素朴な夢を思うんだ。息を吹きかけたら飛んでしまいそうな、小さくて、軽くて、白い夢たちを」

「例えば、どんな夢？」

弦が尋ねた。

「まずは詩集を一冊出すこと。タイトルは鹿がいいな」

キヘンが答えた。

「それは叶ったじゃないか。その次は？」

詩集を振りながら弦が言った。

「田舎の学校で先生をしながら、子どもたちに英語を教えること」

「ずいぶん素朴だな。それから?」

「優しい妻と一緒に山里で畑を耕して、本でも読みながら暮らせたらいいな」

「それから?」

「それだけだ」

「それだけだって?」

ふたりは顔を見合わせると、腹を抱えて笑った。ひとしきり笑ったら腹が空いた。いつしか、道沿いに巨済島《コジェド》産のタラがうず高く積まれている旧馬山の埠頭のすぐ近くまで来ていた。

七年の最後

一九六三年の夏、三水《サムス》

東から吹く初秋の風が独谷《トッコル》の深い谷間を秋色に染めると、南方に開けた空には、濃い青色の虚空が果てしなく広がった。その空の下で、まだ草色の大根と白菜、黄色く実った粟《あわ》と燕麦《えんばく》、地面を突き抜けて出てきた火花のようにところどころに根差した紅葉が、色の調和をなしていた。懐《ふところ》をはたいて最後の贅沢をする蕩児《とうじ》のごとく、去りゆく季節は本来以上の彩《いろど》りで、あふれんばかりに山河を染めた。そしてどんよりと曇った空が数日続いたかと思うと朝夕に吹く風が変わり、やがて流氷をのせて流れてくる川に長く糸を引くように雪が降った。早めに収穫と脱穀を終えた人々は、丸太小屋の壁に白土を塗ったり、オンドル石の手入れをしたりしたあと、障子紙を貼り替えた。館坪里《クァンピョンニ》の長い長い冬はこうして始まった。

冬の風は革命軍のように迅速に進駐し、秋の残滓《ざんし》を一瞬にして吹き飛ばした。怒濤《どとう》のごとく辺り一帯の樹林を揺さぶり、雪が吹き荒れ始めると、人々は背を向けて身を縮こまらせた。一寸先も見えないうえに、膝まで埋もれる深雪の中では一歩も踏み出せないため、おのずと外には出なくなる。幽閉され、夜な夜な眠れないキヘンは、風の音を、風に雪が舞う音を、エゾマツとカラマツが揺れる音を、藁《わら》と木の枝が飛んでいく音を、夜明けまでずっと聞いていた。キヘンは夜明けのこない北極の冬に思いを馳せ、そこで初めて夜を過ごす人がいて、その人が朝と光の到来を切実に願うようになるのを思った。この世に生を享けて大人や本から学んだように、その夜もいつか終わるとその人が信じることと、にもかかわらず長い長い夜の間にその人が死んでしまうことを思った。そのときも、長い長い夜や深い闇はそしらぬ顔をして流れ続けるだろう。

どれだけ準備しても足りない冬越しとは違って、春支度はただひたすら待つことだった。春はよちよち歩きであり、遠き灯りであり、気まぐれだからだ。四月になり、風の向きが変わって三日過ぎた頃、川ではパキッパキッと音を立ててひび割れる氷の上に泥水がせり出した。明け方になると谷間に白い霧が立ち込め豚舎の四角いガス灯がちらちらし、朝の陽差しが櫛目《くしめ》のように広がると陽気な鳥たちのさえずりが聞こえた。冬のあいだじゅう凍っていた土に隙間ができて春の陽差しが染み入ると、スミレの花と杏《あんず》の花とツツジの花が咲き、単調だったモノクロの丘陵が明るい色に染まった。村の水車が動きだし、牛車が行き交い、娘たちは籠を抱えてアマドコロやヨモギなどを摘みに小川へ行った。こうして暮らしはまた始まった。

＊

毎週土曜日の午前は、組合員らがサークル活動をしたり公用の物品を整備したりするので、キヘンも一週間の労働から解放され、たまった新聞を民主宣伝室で読みながらのんびりと過ごした。その年の春、アラブ連合共和国のナーセル大統領はヨットでアルジェリアの首都アルジェに到着し、熱烈な歓迎を受けた。近代オリンピックの創始者であるピエール・ド・クーベルタン男爵夫人のマリー・ロータン・ド・クーベルタンが、スイスのローザンヌにある病院で百二歳の生涯を終えた。キヘンはこのような記事を読むのが好きだった。自分とは何の関わりもない遠い国と、そこに暮らす人たちに関する新聞記事。自分が死んだあと百年経った世の中でも、新聞に載りそうな記事。縁もゆかりもない三水《サムス》に来て、冷遇され蔑視されつつ牧場の仕事を習っているとき自分を慰めてくれた、まるで文字を学ぶ子どものように新聞を指でなぞりながら読んだいくつかの文章。

「先生、いらっしゃいますか」

誰かが戸を叩いた。キヘンが戸を開けると、卵色のチョゴリに黒いチマ姿のソヒが立っていた。三水にやってきた最初の一年に、何度も訪ねてきてくれた唯一の人だった。キヘンの顔は嬉しさでほころんだ。

「今日はまた何の用でこんなところまで」

「毎週土曜日、生徒たちと一緒に館坪《クアンピョン》協同組合で農村奉仕活動をすることになったんです」

他人行儀のキヘンに、ソヒは人懐こく答えた。

「学校からここまで四キロもあるのに……」

「大丈夫です。川辺に咲いた柳の花が淡い色を帯びてきれいですし、地面も雪が解けてだいぶ緩んできましたから」

「あれもこれも良くて、なによりです。ソヒトンムはしっかりしているから、こんな厳しい山奥でも心配いりませんね」

「あら、私だって心配ですよ。でも、実際に暮らしてみていかがですか？　思ったほどじゃないでしょ？」

「平壌にいても私は厳しい道を歩んでいたでしょうから、どこにいたって同じですよ」

キヘンがそう言うと、ソヒがくっくっと笑った。

「先生は何でも同じだっておっしゃいますね。善良な人も悪人も同じ、詩を書いても書かなくても同じ、って。そう言いながらこっそり詩を書いていらっしゃるのでは？」

ソヒがそう言うと、キヘンは慌てて手を振った。

「とんでもない。たまった新聞を読んでいました。そうでなくても、外の動きはせいぜい朝の読報の時間に知る程度なので、他の人より教養がないと叱られるんですよ」

「どこの頭のおかしい人が先生に向かって教養がないなんて言うんです？　いったい誰ですか？」

ソヒはすぐにでもその人を捕まえんばかりの勢いだった。

「その頭のおかしい人も私も同じですよ」

キヘンはそう言って笑った。

「同じはずがありません。先生は詩人なのに」

「いまじゃただの農夫ですよ」

キヘンが手を横に振りながら言った。ソヒがキヘンを持ち上げるのには理由があった。授業で生徒たちが書いた詩を見てほしかったからだ。さっと目を通して感想を言ってくれるだけでも子どもたちには一生の思い出になるだろうと、彼女は言った。ソヒが善意で言っているのはわかっているが、自分には大それたことだと思い、キヘンは断った。けれども彼女は詩を置いて帰った。

その頃、村から三十分ほど坂道を上がったところにある高原、カムビドク放牧場の羊舎では毎晩のように羊の分娩があったため、飼育工らは夜を明かしていた。キヘンは仔羊を取り上げるのが好きだったので、農作班に移ってからも、春になると羊舎の仕事を自ら願い出た。分娩室を温かくするために薪を割ったり、真竹《まだけ》の桶を持って倉庫に行き穀物の飼料を入れてきたり、へその緒を切ったばかりの仔羊を抱いて分娩室のかまどのそばにいる母羊のもとに連れて行き、乳を呑ませたりする雑用がお気に入りだった。そうして乳を呑んだ仔羊が分娩室の片隅でようやく立ち上がり、鬼ごっこをしている姿を見るのも大きな喜びだった。ただ、仔羊が生まれてきた世界は危険な場所だった。生後しばらくは昼夜を問わず、母羊と仔羊が互いを呼びながら泣くのだが、夜になるとその声を聞きつけた山犬がすぐそばまで群がってくる。そのため飼育工は、カンテラの灯りをともした羊舎を交代で見守らなければならなかった。

キヘンが幼い生徒たちの詩を初めて読んだのも、そんな夜のことだった。山犬たちの咆哮《ほうこう》のせいで寝そびれてしまったキヘンは、羊舎をもう一度ぐるっと見てまわったあと、カンテラの青い灯りのもとで彼らの詩を読んだ。「キンロバイ　ユキザサ　風に揺られ／東西南北に広がった野原に夏がくる」という詩は語呂がよく、「母さんが／麵《クク》をつくるとき／陽《ひ》が／点々と／母さんのチマにたまった。／弟が何度もつかもうとする」は正直だし素朴でよかった。次の週にやってきたソヒにその感想を伝えると、彼女はキヘンの言ったことを真似て「あれもこれも良くて、なによりです」と言った。ソヒは子どもたちが新たに書いた詩を置いて、キヘンが短評を書いた詩を持って帰った。その日以来、キヘンはソヒが子どもたちの詩を持ってくるのを見て、一週間が過ぎたのを知った。

*

夏が始まる頃、日暮れ前に放牧場に着くつもりで家を出ようとしたら、ちょうど路地に入ってきた郵便通信員がキヘンを呼び止め、一通の手紙を差し出した。差出人は意外にも秉道《ビョンド》だった。その名前を見るなり、恨めしさと嬉しさが交錯した。キヘンはその場で封を切り、手紙を取り出した。もはや自分に希望があろうとなかろうと何も変わりはしないと、世の中はすべてなるようにしかならないとわかっているのに、なぜか胸騒ぎがした。

秉道は手紙の中で、唯物史観の出発点は事物にあると主張していた。観念論者は事物以前の絶対的な理念に合わせて現実を再構成するが、実際に再構成されたものは現実ではなく、彼らの意識だと彼は書いていた。そのあとはひたすら言い訳を書き連ねていた。日本統治下の朝鮮プロレタリア芸術同盟でともに活躍した朋友らを断罪する文学的起訴状を作成したことをはじめ、彼らが法廷で実刑を受け、消えていくのを傍観していたことに至るまで。キヘンは失望のあまり、そもそも自分には一縷《いちる》の望みすらなかったのかと反問したくなるほどだった。これ以上読むのはよそうと思ったとき、ふと緑孫《ノクソン》という名前が目に入った。緑孫は秉道の娘だった。彼は手紙にこう書いていた。

だが私もこんな身の上になってみると、人間万事が夢のようだ。唯物論者の最後がこうなるとは。中学生の頃、青年会館に英語をともに習いに行った朴憲永《パクホニョン》に叱責されながらも映画に夢中になっていた頃は、すべてが他人事だと思っていたが、いまになってみると、私もまたスクリーンの中の一登場人物にすぎなかったようだ。上映時間が終わるとスクリーンも消えてただの壁があるだけだが、それでもなお物語は残っている。

梨花《イファ》女子専門学校に通っていた緑孫が、片思いの苦悩にかこつけたある横暴な男の短刀に刺されたとき、君がすぐさま咸興《ハムン》に駆けつけてくれたこと、編集長をしていた雑誌『女性』に、郡守《ぐんしゅ》の息子であった犯人に比べしがない我々の事情をつぶさに書いて、特集記事として数か月にわたって連載してくれたことは、私は死んでも忘れないだろうし、また咸興に来た白鐵《ペクチョル》のことを不憫《ふびん》に思い、彼の結婚式を挙げるために君と林和《イムファ》、李石薫《イソックン》、金東鳴《キムドンミョン》らと一緒に総出動したこと、ほどなくして彼の妻が産褥《さんじょく》の病で亡くなったときも葬儀にみんなが集結したことを、昨日のように覚えている。どうしてあの美しい顔ぶれを、あの心遣いを忘れることができようか。世間の人が皆、私に後ろ指をさそうとも、私の本心を君だけは……。

キヘンはふと差出人の住所を見た。手紙は慈江道《チャガンド》時中《シジュン》郡で書かれており、読み進めていくうちに、秉道までもが粛清され協同組合へ追いやられたことを知った。二十余年前、新聞で緑孫が襲われたことを知ったキヘンが咸興の病院に駆けつけたとき、秉道はこわばった面持ちで「私にペンがあるのは幸いだ」と何度も繰り返して言った。彼はそのペンで世の権力に立ち向かえると信じ、そのときはキヘンもそう思った。言葉を書いているのは自分たちであって、まさか言葉によって書かれる運命になるとは思いもしなかった頃のことだ。手紙は「だから、咸興に行った夜に君が尚虚《サンホ》を訪ねていったことや、ベーラの手紙を見て君がこっそり自分の詩をソ連に送っていることを知ったときも見て見ぬふりをした。君がベーラに渡したノートは私がモスクワの大使館から回収して、処分し……」と続いた。そのあたりでキヘンは秉道の手紙を読むのをやめた。その代わり、あの夜に尚虚から聞いた言葉と、航空郵便の封筒に入れてベーラに送った詩を思った。所詮、何の救いにもならない、純粋でか弱い言葉たちを。

＊

キヘンが放牧場に着いたときは、もう日が西の山に沈みかけていた。白頭《ペクトゥ》まで広がる茫々たる空の下、エゾマツが立ち並ぶ恵山《ヘサン》に向かって平坦に広がった高原が、夕焼けに染まって夏の風に揺れていた。日沈の時刻は日に日に遅くなり、羊舎では糞や尿のにおい、かびの生えた干し草のにおいが漂った。分娩の季節もそろそろ終わりに近づき、放牧場に向かう羊たちはそれぞれ仔羊を連れていた。いま分娩室にいる羊をすべて外に出し、仔羊の尻尾《しっぽ》を切り取れば、本格的な夏が始まるだろう。

キヘンはカーバイドランプを提げて、分娩室の糞を掃き、新たに藁くずを均《なら》したのち、妊娠した羊に充分な豆かすと多汁質飼料を与えた。そして二棟の羊舎と洗脚場〔羊の風呂場〕と事務室を見まわってから、カンテラの灯にカーバイドと水を補充し、分娩室にある暖炉の煙突脇にかけ、飼料になる西洋かぶを刻んだ。

「昨日は何頭産まれましたか」

妊娠した羊の様子を見にきた飼羊工の青年に、キヘンが尋ねた。

「四頭と二頭ですね」

青年がそっけなく言った。

「また双子ですか?」

「いいえ」

「その二頭というのは何ですか」

「昼間、ヤギが双子を産んだんです」

それを聞いて二人は声を出して笑った。羊の繁殖期に、いきなりヤギが出産することがあった。飼羊工によると、それはヤギが嫉妬するからだという。

「そいつもかまってほしかったんでしょうね。今日はどうですか。産まれそうですか?」

「もう分娩はなさそうだけど、どうだか。ここは自分に任せて、アバイは休んでください」

そう言うと青年は煙草をくわえて出て行った。

キヘンはかぶを切っていた場所を片づけたあと、分娩柵の中にいる仔羊たちの様子をもう一度うかがった。仔羊を抱いていると、この世にこんなにも弱々しくて、柔らかいものがあるだろうかと思った。飼羊工らは乳を自分で呑めない仔羊に乳をやるために、母羊と仔羊を手荒く扱ったが、そんなときですら彼らはか細い泣き声をあげるだけで、強く抵抗しなかった。

キヘンはこの世で一番か弱くて従順なものを撫《な》でながら青年を待ったが、彼はなかなか戻ってこなかった。キヘンは宿直室に入って子どもたちの詩を読み、やがて灯りを消した。壁に映っていた影が消えた。

＊

キヘンが目を覚ましたのは夜更けのことだった。青年が戸を叩いてキヘンを起こした。

「アバイ、起きてください。早く」

山犬が襲ってきたのか。それとも急な分娩が始まったのか。キヘンは手探りで上着を羽織り、のそのそと戸を開けて外に出た。ところが、靴を履いて数歩歩いたところで立ち止まってしまった。谷間の向こうの山が燃えていたのだ。山の稜線に沿って炎が揺れており、その手前にある傾斜面の森は内側から赤く燃え上がっていた。

「天火《てんか》だ、アバイ。天火が起こったんだ」

青年が言った。どことなく浮き立った声だった。

「天火？」

キヘンが訊いた。

「天が起こした火のことですよ」

火田民《かでんみん》〔焼畑農民〕が開墾のために放つ火が地中の根を燃やす地火だとすると、それは三か月と十日の間、白い煙を吐く目に見えない火なのだが、天火は、自然に発火してあっという間に森全体をめらめらと燃やし、木々をそのままの姿で炭にしてしまうのだという。山の火田民たちはその火を見ると、生に対する熱いものを、胸の奥からこみ上げてくるものを感じると言っていた。燃え尽きた場所で新たな活路が切り拓かれるのだから。天火を見つめ興奮している青年のそばで、キヘンの胸も徐々に早鐘《はやがね》を打ち始めた。そのとき、谷間にサイレンがけたたましく鳴り響き、寝静まっていた村が目を覚ました。キヘンは、居すわる天火に包まれたまま燃え上がる森をじっと見つめていた。

原註

＊作中に出てくる白石の詩は『定本　白石詩集』（コ・ヒョンジン編、文学トンネ、二〇二〇年）の表記に従っており、一部の固有名詞と引用文は北朝鮮の表記法に従いました。

＊「平凡な人たちの罪と罰」に出てくる尚虚《サンホ》の話は、李泰俊《イテジュン》の『無序録』に収録された「海村日記」の一部をもとに再構成したものです。

＊漫談家シン・アンナムの漫談は、一九三七年にオケ（Okeh）レコード社よりリリースされた申不《シンブル》出《チュル》の漫談「クソ婆さん」と、一九五六年に北朝鮮で出版された申不出『漫談集』の「話術法」の一部を混ぜて再構成しました。

＊ベーラの詩「モミの木」は、ベーラ・アフマドゥーリナの詩を白石が翻訳したものです。

＊オーチェルク「雪深い革命の揺籃にて」（草稿）は、白石の散文「雪深い革命の揺籃にて」と「筆を銃と槍として！」の一部を混ぜて再構成したものです。

＊作中でキヘンが読む子どもたちの詩のうち、二番目の詩は『働く子どもたち』（イ・オドク編、ヤンチョルブック、二〇一八年）の二十五頁にあるパク・チュニム作「ひだまり」です。

編註

012 **大祖国戦争**（独ソ戦）……第二次世界大戦の中で、ソビエト連邦がナチス・ドイツならびにその同盟国と戦った一九四一年六月から一九四五年五月までの戦いを指す。

020 **トンム**（友）……友達、仲間を意味する朝鮮語で、北朝鮮では社会主義的な平等理念のもと、相手への一般的な敬称として広く用いられている。なお、目上の人や幹部に対しては、同志《トンジ》の呼称が用いられる。

031 **「カヂュランの家のおばあさん」**……白石の詩「カヂュランの家」（一九三六年発表の詩集『鹿』に収載）より。カヂュランは定州《チョンジュ》にある峠の名前。

039 **古堂《コダン》（曺晩植《チョマンシク》）**（一八八三―一九五〇）……「朝鮮のガンジー」とも称される独立運動家、政治家。解放後の一九四五年十一月に朝鮮民主党を結成し、党委員長に就任するが、信託統治案に反対を表明したことが発端となり、ソ連当局および共産主義者と対立。一九四六年から軟禁状態に置かれ、朝鮮戦争中に処刑された。

039 **五山《オサン》学校**……定州《チョンジュ》にあった私立の中等教育学校。白石のほかにも名だたる文筆家を輩出した。

047 **斎長《チュダン》**……学徳の高い儒者。

047 **初試《チョシ》**……科挙の初級試験に合格した者。

047 **門長《ムンジャン》**……一族の最長老。

056 **千里馬《チョルリマ》騎手**……一九五六年に金日成《キムイルソン》が、朝鮮戦争から立ち直り、生産力を世界水準に引き上げるためには「千里馬の気風」が必要であると提唱。経済発展促進の「千里馬運動」が展開され、成果をあげた労働者や農民には「千里馬騎手」の称号が与えられた。

063 **白頭《ベクトゥ》**……中朝国境にまたがってそびえる標高二七四四メートルの火山、白頭山《ペクトゥサン》のこと。朝鮮民族発祥の地、革命の聖地として北朝鮮では神聖視されている。

083 **「秘密のない者は貧しい」**……李箱《イサン》の遺稿「失花」より。

092 **九人会《クインフェ》**……一九三三年に結成された文学親睦会。李孝石《イヒョソク》、李泰俊《イテジュン》、金起林《キムギリム》、鄭芝溶《チョンジヨン》ら九名が初期メンバー。プロレタリア文学の画一性に対抗し、朝鮮の純粋文学の確立を目指した。

093 **東北人民革命軍**……一九三三年、中国共産党の指導下

で満州（中国東北部）に組織された抗日武装組織。組織内の疑心暗鬼から起きた粛清事件「民生団事件」を経て組織が疲弊し、コミンテルンの指示で一九三六年以降に東北抗日聯軍へと改編された。金日成を中心とする東北抗日聯軍のメンバーが北朝鮮の権力の中枢を占めたため、抗日パルチザンは北朝鮮建国の精神的淵源とされている。

111　朴憲永《パクホニヨン》（一九〇〇—一九五六）……朝鮮独立運動家、共産主義者。解放後、南朝鮮労働党（南労党）を結成したのち越北。朝鮮労働党が成立すると中央委員会副委員長に就任（委員長は金日成）。副首相兼外相を務めたが、金日成に「米帝国主義のスパイ」罪に問われ、死刑判決を受けて処刑された。

117　朝鮮舞踊の題目……「エヘラノアラ」。

118　「ロバも、ナターシャも」……白石の代表詩「僕とナターシャと白いロバ」（一九三八年）を指す。

164　「狐谷《きつねだに》のばあちゃんとじいちゃん」……白石の詩「狐谷の一族」（一九三五年、詩集『鹿』に収載）より。

164　李女《イニョ》／承女《スンニョ》／承童《スンドンイ》……李家の娘／承家の娘／承家の息子。「狐谷の一族」より。

170　統制使《トンジェサ》……李朝時代に忠清道《チュンチョンド》、慶尚道《キョンサンド》、全羅道《チョルラド》の三道《サムド》の水軍《スグン》を統括した総司令官。

170　客主宿《ケクチュチプ》……商人宿。

194　長津湖《チャンジンホ》の戦い……一九五〇年十一月から十二月にかけて咸鏡南道《ハムギョンナムド》長津湖周辺で交わされた戦闘。国連軍と中国人民志願軍が初めて交戦し、朝鮮戦争で最も激しかった戦闘といわれる。

201　「閑山島《ハンサンド》　月明き宵に…」……李舜臣《イスンシン》による有名な時調（定型詩）の一節。

205　西大門《ソデムン》刑務所……一九〇八年に朝鮮半島初の近代式刑務所としてソウルに設置され、日本統治期を通して抗日独立運動家が拷問、処刑された場所として知られる。

＊　白石の作品と生涯について、より詳しくお知りになりたい方は、アン・ドヒョン著『詩人　白石』五十嵐真希訳（新泉社、二〇二二年）をご参照ください。

作家のことば

一九六二年五月、三水郡《サムス》の協同組合で働いていた白石《ペクソク》は、『児童文学』誌に「渡し場」という童詩を発表した。この詩で白石は、鴨緑江《アムノッカン》の畔《ほとり》で木を植え、道を敷いている幼い子どもたちを見ながら、四十余年前、その子たちと同じ年頃にその川を渡った〝幼い元帥様〟を思い出した。

このとき元帥様は仇《かたき》に対する憎悪で／その小さいが力強い拳を固く握りしめ／その血潮は高く、熱くほとばしり／その胸の内にはちきれんばかりに　ぐっと／誓いが一つ湧き上がったそうだ――／《奪われた我が国を再び取り戻すまでは／決してこの川を渡ることはあるまい。》

当時、北朝鮮の文学雑誌に載せられた詩の中では、この程度であれば露骨な指導者礼賛の詩であるとは言いがたい。だが、一九五六年から再び詩を書き始めた白石にとっては、初めて現実の首領を呼名した詩だった。ところが妙なことに、これはまた最後の称賛詩、いや、彼が生きている間に発表した最後の詩となってしまった。あれほど強要されたあげく称賛詩を書き上げた気持ちと、その後三十余年にわたる長い沈黙を理解するために、この数年間、私は昔の言葉と、白黒写真と、利敵表現の迷路の中をさまよった。

小説を書いている間、たくさんの音楽を聴いた。キヘンの気持ちがわからなくなったときに聴いたのは、延辺《ヨンビョン》出身の玉流琴《オンリュグム》奏者であるキム・ゲオクが演奏した〈雪が降る〉だ。この曲はそもそも歌曲だったのだが、文鏡玉《ムンギョンオク》〔白石の最初の妻〕が玉流琴の変奏曲として作曲したことが知られている。彼女は平壌《ピョンヤン》音楽学校のピアノ教師だったが、解放後〔日本統治終了後〕、レニングラード音楽大学に留学したあと、作曲家として名誉ある人生を送った。小説の中のピアニスト、鏡《ギョン》のモデルである彼女は一九七九年に亡くなった。

もう一つよく聴いた歌は、淡谷のり子の〈人の気も知らないで〉だ。求婚にしくじった白石が咸興《ハムン》で英語の教師をしていた頃、生徒たちはよく彼がこの歌を歌っているのを聞いたという。「人の気も知らないで／涙も見せず／笑って別れられる／心の人だった。／涙かれてもだえる／この苦しい片想い／人の気も知らないで／つれないあの人」。流行歌の歌詞は今も昔も変わることなく、青春の苦悩も同じだ。白石より五歳年上だった淡谷のり子は、晩年まで精力的に活動を続け、一九九九年に亡くなった。

なかでも私が一番多く聴いた曲は、ジャーマン・ブラスが管楽器で演奏したバッハのカンタータ〈主よ、人の望みの喜びよ（Jesus bleibet meine Freude）〉だった。資料を探しているときに二枚の写真を見てからというもの、その旋律が頭の中から離れなかった。一枚は一九五七年、再建支援のために咸興に在留していた東ドイツのレッセルが撮影した、砲撃で破壊された西湖《ソホ》の修道院の写真であり、もう一枚は、一九三二年に咸鏡道《ハムギョンド》の徳源《トグォン》神学校の学園祭で管楽器を持った生徒たちを撮った記念写真だった。

初めの二曲を白石が聴いたのは確かだが、徳源神学校の楽団が演奏する〈主よ、人の望みの喜びよ〉を彼が聴いた可能性はないと思われる。しかし、小説の中のキヘンは、一九三七年のある夏の日、海辺に横たわってこの曲を聴いている。いつの頃からか、私は現実で実現できなかったことは小説になると信じていた。望んだけれど叶わなかったこと、最後の瞬間にどうしても選択できなかったこと、夜な夜な思い出されることは、ことごとく物語になり小説になる。

イ・オドク編纂の美しい詩集『働く子どもたち』は、慶尚北道《キョンサンブクト》尚州《サンジュ》郡にある恭倹《コンゴム》小学校二年生のパク・チュニムが書いた「ひだまり」で始まる。この詩は一九五八年十二月二十一日に書かれたと記載されている。この頃、北朝鮮にいる白石は三水《サムス》の協同組合に行く準備をしていた。この小説を書き始めるときの私と同い年だった。彼は自分の人生は完全に失敗したと思ったに違いない。自分の詩は跡形もなく消えてしまうと思ったはずだ。

そんな彼に、同い年の私がしてやれることは多くなかった。できるのは、失恋してさまよっている若いキヘンには徳源神学校の生徒たちの演奏を聴かせてやること、三水に追われた老いたキヘンには尚州の小学生が書いた童詩を読ませてやることぐらいだった。つまりこの小説は、白石が生きられなかった世界についての話であり、死ぬまぎわまで彼が心の中で切に願っていたことについての話だ。白石は一九九六年にこの世を去り、いま私は、韓国の詩人たちに最も敬愛される詩人になった彼を見る。
最後に、私の母と、母が生きた時代に、この小説を捧げたいと思う。

二〇二〇年夏
キム・ヨンス

訳者あとがき

本書は二〇二〇年に刊行されたキム・ヨンス（金衍洙）の長編小説『七年の最後』（文学トンネ）の全訳である。

著者キム・ヨンスは一九七〇年生まれの作家で、一九九三年に詩人としてデビュー。翌年、刊行した小説によって本格的に創作活動を始め、二〇二三年にデビュー三十年を迎えた。これまで二十冊を超える小説を発表し、東仁《トンイン》文学賞、大山《テサン》文学賞、李箱《イサン》文学賞など、名だたる文学賞を受賞し、本作では許筠《ホギュン》文学作家賞を受賞している。つねに新しい手法や解釈を試み、文学と向かい合ってきた。小説を発表するたびにさらに新たな読者層を獲得している、韓国の現代作家を代表する存在である。『七年の最後』は、出版に先がけて作家自身の声によるオーディオブック「聴く連載小説」が人気を集め、またたびたび朗読会を行うなど、以前に増して読者との出会いを大切にしている。

これまでのキム・ヨンスの小説にも見られるように、本作も膨大な資料をもとに、記録された文献や歴史書の中に埋もれた人たちの声に生命を吹き込み、できるかぎり想像を膨らませて、詩人白石《ペクソク》の生きた世界をつくりあげている。本作の構想に三十年を費やしたというが、詩人の李箱《イサン》をモデルにした『グッバイ、李箱』(二〇〇一年)、歴史と文学を織り交ぜることで〝私〟を語った『ぼくは幽霊作家です』(二〇〇五年)、北間島《プッカンド》(現・中国延辺朝鮮族自治州)が舞台の『夜は歌う』(二〇〇八年)の系譜を継ぐ、キム・ヨンス文学の頂点にして、新たな創作の始まりを予感させる作品である。

『七年の最後』の主人公キヘンのモデルである詩人白石《ペクソク》(一九一二―一九九六)は、解放後(一九四五年)に故郷の定州《チョンジュ》に戻り、その後も北朝鮮に留まった。北に残ったという理由で、韓国では白石の作品は禁書とされ、一九八〇年代後半に公開されるまで読まれることはなかった。

一九五六年の初め、スターリン個人崇拝を批判するフルシチョフの秘密演説をきっかけにした〝雪解け《オーチェペリ》〟が北朝鮮の文学にも影響を与え始めた頃、それまで社会主義リアリズムを理解していないと党から糾弾されていた白石は、再び自分の詩が書ける時代が来るのではないかと期待を膨らませる。しかしそれもつかの間、三水《サムス》という雪深い僻地に追放されてしまう。北朝鮮の文学史に白石の名前が出てこないのはこのためだ。彼は詩人ではなかったのである。白石はのちに韓国で自分の詩が多くの読者に愛されることも知らずに、一九九六年にこの世を去る。同じ年に生まれた金日成《キムイルソン》が去った二年後のことだ。

韓国で知られている白石は、一九三〇年代から四〇年代に「僕とナターシャと白いロバ」「白き壁があって」などの詩を詠んだ、モダンボーイで〝寄る辺なく気高くさみしい〟詩人である。

本作『七年の最後』は〝その後〟の話だ。〝その後〟――ここでは一九五六年から一九六二年までの七年間を指す。

この七年の間に白石が書いた詩は、主に北の体制理念を代弁した児童詩だ。あと、ロシア語の翻訳者として名訳を残している。一九六二年以降は何も発表していない。つまり一九五六年から一九六二年は、白石自身が望んだ詩であるかどうかは別として、詩人として生きた最後の七年であり、『七年の最後』は、詩を書きたかったが、結局は書かない道を選んだ白石の物語ということになる。

キム・ヨンスによると、『七年の最後』という小説は、白石はなぜ詩を書くのをやめたのか、書く自由を奪われた詩人を生かし続けた力は何なのか、などの疑問から始まったという。

この問いに向き合うヒントを与えたものとして、著者は東方から追われてきた見知らぬ人々にパンと涙を分け与えたカザフの女たちを挙げている。彼女たちには、たとえ圧倒的な暴力によって日常が崩壊し死の恐怖が迫っても、ともに生きていこうという思いが感じられ、またそこには新たな共同体がつくられる可能性も潜んでいる。もしかしたら人間にはそういう力があるのではないかと、ならばその力を信じなければならないと、著者は思ったのだ。

もう一つは、資料を読んでいるときに出会ったという、ボリス・パステルナークの詩「冬の夜」だ。

激しい吹雪に覆われた世界を想像し、ひとりでいる部屋の窓辺にある机の上で燃え盛る一本のロウソクを思い浮かべた。

吹雪の中でも消えないロウソクの火を詠んだもので、ここで火は詩を意味する。このパステルナークの詩を信じる作家の思いが根底に流れる『七年の最後』には、作中に雪と火のイメージがあちこちに散りばめられており、リ・ジンソンにはこう語らせている。

時代という吹雪の前では、詩など、か弱いロウソクにすぎない。(略)詩の役目は、吹雪の中でもその炎を燃やすところまでだ。ほんのいっとき燃え上がった炎によって、詩の言葉は遠い未来の読者に燃え移る。

その証拠に、白石の消えたはずの火(詩)は、時代を超えて息を吹き返し、いまを生きる私たちのもとにまで届く。

そう考えると『七年の最後』は、人間の力を信じることと、私たちが大切にしているものは権力によって壊されることはない、という著者の思いから出来上がった小説だといえる。その思いが白石が生きたと思われる架空の世界をつくりあげ、その中で白石は詩人として生き続けたのだ。それは皮肉にも、白石が詩を書かない選択をしたからこそ可能だったのだが、その結果、彼は自分の詩を守り、遠い未来の読者に燃え移り記憶されている。

この物語は、もしかしたら事実とまったく違っているかもしれない。こんな人生じゃなかったと、墓の中で白石が笑っているかもしれない。それでもキム・ヨンスは、白石は生涯、言葉について思いを巡らせた詩人であり続けたと想像しながら、物語を紡いだ。これが現実であればいいのにという希望を抱いて。キム・ヨンスが書こうとしたのはそういうものなのではないだろうか。たとえありえないことだとしても、言葉で書かれたものは信憑性を帯びてくるのだから、物語を信じるかぎり、少なくとも絶望的にはならないと言っているのではないだろうか。

訳者の私も長いあいだ、日常が崩壊しても生き続けていく力は何だろうと考えてきた。それが知りたくて物語を訳してきたのかもしれないとも思う。答えは依然よくわからないが、『七年の最後』がそれとなく教えてくれた。言葉の力、物語の力を信じる人の心には、希望の灯り《ほの》が仄かにともっているのだと。

そんなことをあれこれ考えながら、月が明るく照らす高原で、羊の世話をし、子どもたちの詩を読み、自ら燃え尽きる天火《てんか》を見つめているキヘンを想像してみる。

最後に詩人ベーラの言葉を引用したい。

あなたの中で朝鮮語の言葉が死につつあるなら、その死に対してあなたは責任を感じるべきでしょう。（略）来る日も来る日も、死にゆく言葉について思いを巡らせてください。それが詩人のするべきことだから。

本書の編集にあたられた新泉社の安喜健人さん、白石の詩を愛する五十嵐真希さん、キム・ヨンス作品の翻訳をされた松岡雄太さん、そして支えてくださったすべての方々に心から深く御礼申し上げる。

二〇二三年十月

橋本智保

〔著者〕

キム・ヨンス（金衍洙／김연수／KIM Yeon-su）

一九七〇年、慶尚北道金泉生まれ。成均館大学英文科卒業。

一九九三年、詩人としてデビュー。翌年、長編小説『仮面を指差して歩く』を発表。

『七番国道』『二十歳』『グッバイ、李箱《イサン》』『僕がまだ子どもだった頃』『愛だなんて、ソニョン』『君が誰であろうと、どんなに寂しくても』『波が海のさだめなら』『こんなにも平凡な未来』などの話題作を次々と発表。

韓国現代文学の第一人者と評され、東仁《トンイン》文学賞、大山《テサン》文学賞、黄順元《ファンスヌォン》文学賞、李箱《イサン》文学賞など数多くの文学賞を受賞。二〇二〇年発表の本作で許筠《ホギュン》文学作家賞受賞。

邦訳書に、『夜は歌う』『ぼくは幽霊作家です』（新泉社）、『世界の果て、彼女』『ワンダーボーイ』『ニューヨーク製菓店』（クオン）、『四月のミ、七月のソ』『波が海のさだめなら』（駿河台出版社）、『皆に幸せな新年・ケイケイの名を呼んでみた』（トランスビュー）、『目の眩んだ者たちの国家』（共著、新泉社）。

〔訳者〕

橋本智保（はしもとちほ／HASHIMOTO Chiho）

一九七二年生まれ。東京外国語大学朝鮮語科を経て、ソウル大学国語国文学科修士課程修了。

訳書に、キム・ヨンス『夜は歌う』『ぼくは幽霊作家です』（新泉社）、チョン・イヒョン『きみは知らない』（新泉社）、ソン・ホンギュ『イスラーム精肉店』（新泉社）、鄭智我《チョンジア》『歳月』（新幹社）、朴婉緒《パクワンソ》『あの山は、本当にそこにあったのだろうか』（かんよう出版）、李炳注《イビョンジュ》『関釜連絡船（上・下）』（藤原書店）、クォン・ヨソン『レモン』（河出書房新社）『春の宵』（書肆侃侃房）、チェ・ウンミ『第九の波』（同）、ハン・ジョンウォン『詩と散策』（同）、ソン・ボミ『小さな町』（同）、ウン・ヒギョン『鳥のおくりもの』（段々社）など。

韓国文学セレクション

七年《しちねん》の最後

2023 年 11 月 30 日　初版第 1 刷発行©

著　者＝キム・ヨンス

訳　者＝橋本智保

発行所＝株式会社 新 泉 社

〒113-0034 東京都文京区湯島 1-2-5　聖堂前ビル
TEL 03 (5296) 9620　FAX 03 (5296) 9621

印刷・製本　萩原印刷

ISBN978-4-7877-2321-5 C0097 Printed in Japan

韓国文学セレクション　夜は歌う

キム・ヨンス著　橋本智保訳　四六判／三二〇頁／定価二三〇〇円＋税／ISBN978-4-7877-2021-4

詩人尹東柱《ユンドンジュ》の生地としても知られる満州東部の「北間島《ブッカンド》」（現中国延辺朝鮮族自治州）。現代韓国を代表する作家キム・ヨンスが、満州国が建国された一九三〇年代の北間島を舞台に、愛と革命に引き裂かれ、国家・民族・イデオロギーに翻弄された若者たちの不条理な生と死を描いた長篇作。韓国でも知る人が少ない「民生団事件」（共産党内の粛清事件）という、日本の満州支配下で起こった不幸な歴史的事件を題材とし、その渦中に生きた個人の視点で描いた作品。極限状態に追いつめられた人間は精神の自由を保ち続けられるのか、人間は国家や民族やイデオロギーの枠を超えた自由な存在となりえるのか、人が人を愛するとはどういうことなのか、それらの普遍的真理を小説を通して探究している。

韓国文学セレクション　ぼくは幽霊作家です

キム・ヨンス著　橋本智保訳　四六判／二七二頁／定価二二〇〇円＋税／ISBN978-4-7877-2024-5

九本の短篇からなる本作は、韓国史についての小説であり、小説についての小説である。キム・ヨンスの作品は、歴史に埋もれていた個人の人生から〈歴史〉に挑戦する行為、つまり小説の登場人物たちによって〈歴史〉を解体し、〈史実〉を再構築する野心に満ちた試みとして存在している。本作で扱われる題材は、伊藤博文を暗殺した安重根、一九三〇年代の京城（ソウル）、朝鮮戦争に従軍した老兵士、延辺からやって来た中国朝鮮族の女性、そして現代のソウルに生きる男女などである。だが時代背景を忘れてしまいそうなほど、そこに生きる個人の内面に焦点が当てられ、時代と空間はめまぐるしく変遷していく。彼の作品は、歴史と小説のどちらがより真実に近づけるのかを洞察する壮大な実験の場としてある。

韓国文学セレクション　**詩人　白石《ペクソク》**　寄る辺なく気高くさみしく

アン・ドヒョン著　五十嵐真希訳　四六判上製／五一二頁／定価二六〇〇円＋税／ISBN978-4-7877-2222-5

尹東柱《ユンドンジュ》などと並び、現代韓国で多くの支持を集め続ける詩人、白石。
生涯にわたる詩・随筆とその作品世界の魅力を余すところなく伝え、波乱に満ちた生涯を緻密に再現した、
韓国で最も定評あるロングセラー評伝。

一九三〇年代、モダニズムの技法を取り入れつつも古語や方言を巧みに用い、植民地下にあっても人々の生活に息づく民族的伝統と心象の原風景を美しい言葉遣いで詩文によみがえらせて一世を風靡した詩人、白石。南北分断後は北朝鮮の体制になじめず筆を折らざるをえなくなり、その消息は長らく不明のままとなった。

本書は、韓国を代表する抒情詩人である著者が、敬愛してやまない白石の生涯を丹念に追い、小説を読むように、また白石の作品世界を深く味わえるように再構成した、決定版といえる評伝である。

詩のみならず、随筆や分断後の北朝鮮で書かれた作品を多く収録しているほか、同時代を生きた詩人・作家たちの足跡も辿ることができ、資料的価値も高い。

韓国文学セレクション　イスラーム精肉店

ソン・ホンギュ著　橋本智保訳　四六判／二五六頁／定価二一〇〇円＋税／ISBN978-4-7877-2123-5

朝鮮戦争の数十年後、ソウルのイスラーム寺院周辺のみすぼらしい街。孤児院を転々としていた少年は、精肉店を営む老トルコ人に引き取られる。朝鮮戦争時に国連軍に従軍した老人は、休戦後も故郷に帰らず韓国に残り、敬虔なムスリムなのに豚肉を売って生計を立てている。家族や故郷を失い、心身に深い傷を負った人たちが集う街で暮らすなかで、少年は固く閉ざしていた心の扉を徐々に開いていく。

韓国文学セレクション　きみは知らない

チョン・イヒョン著　橋本智保訳　四六判／四四八頁／定価二三〇〇円＋税／ISBN978-4-7877-2121-1

韓国生まれ韓国育ちの華僑二世をはじめ、登場人物それぞれのアイデンティティの揺らぎや個々に抱えた複雑な事情、そしてその内面を深く掘り下げ、社会の隅で孤独を抱えながら生きる多様な人々の姿をあぶり出していく。現代社会と家族の問題を鋭い視線で描き、延辺朝鮮族自治州など地勢的にも幅広くとらえた作品。

韓国文学セレクション　さすらう地

キム・スム著　岡 裕美訳　姜信子解説　四六判／三一二頁／定価二三〇〇円＋税／ISBN978-4-7877-2221-8

一九三七年、スターリン体制下のソ連。朝鮮半島にルーツを持つ十七万の人々が突然、行き先を告げられないまま貨物列車に乗せられ、極東の沿海州から中央アジアに強制移送された。狭い貨車の中でひそかに紡がれる人々の声を物語に昇華させ、定着を切望しながら悲哀に満ちた時間を歩んできた「高麗人《コリョサラム》」の悲劇を繊細に描き出す。東仁《トンイン》文学賞受賞作。